魔女莫蒂

魔女モティ

[日] 柏叶幸子 著　李友敏 译

上海译文出版社

图书在版编目（CIP）数据

魔女莫蒂 /（日）柏叶幸子著；李友敏译 .
-- 上海：上海译文出版社，2017.4
（夏洛书屋：精选版）
ISBN 978-7-5327-7440-1

Ⅰ. ①魔… Ⅱ. ①柏… ②李… Ⅲ. ①童话－
日本－现代 Ⅳ. ①I313.88

中国版本图书馆 CIP 数据核字（2017）第 045567 号

图字：09-2014-580号

魔女莫蒂
魔女モティ

柏葉幸子
[日]柏叶幸子 著
李友敏 译

责任编辑 赵平
插　　图 LISK
装帧设计 柴昊洲　版式设计 申祁颉工作室

上海世纪出版股份有限公司
译文出版社出版
网址：www.yiwen.com.cn
上海世纪出版股份有限公司发行中心发行
200001　上海福建中路193号　www.ewen.co
昆山市亭林印刷有限责任公司印刷

开本890×1240　1/32　印张5.75　插页2　字数 46,000
2017年4月第1版　2017年4月第1次印刷

ISBN 978-7-5327-7440-1/I・4536
定价：26.00元

目　　录

01

第一章

公园已经空无一人。纪惠坐在秋千上，身后背着一个小小的帆布包，包里装着她的存折。秋千的围栏前放着一个塞满衣服和宝贝的提包。

纪惠漫不经心地荡着秋千。

“这次我绝对不会回去的。”

她小声说着，不禁又流起了眼泪。

纪惠现在读小学五年级，在家排行老二。姐姐朋惠今年读初二，弟弟谅明年升小学。爸爸妈妈常说：“不管家里有几个孩子，在爸爸妈妈眼里都一样可爱。”每当听到这些，纪惠都会皱起眉头。她心想：正因为不一样，爸爸妈妈才会每次都这么说。

可能因为自己是家里的第二个女孩子，而且姐姐又比自己聪明、可爱，所以才不受重视的吧。

今天也跟往常一样。纪惠算术测验得了 88 分，对她来说，这个成绩已经非常了不起了。可是，妈妈下了班，从幼儿园抱着谅回到家，进门后连看都没看纪惠一眼，只说了一句“哎呀，回来晚了”，便脱下西装上衣，系上围裙开始做饭。而谅却可以一直围在妈妈身边。

“小姐姐，妈妈说让你去买蛋黄酱。”

谅跑过来说道。

因为纪惠是小一点的姐姐，所以大家都喊她“小姐姐”。

“我还要做作业，你去买吧。”

“小姐姐，快去帮妈妈买一下，好不好？”妈妈在厨房喊道。

“让谅去买吧，反正又不远。”纪惠也大声喊道。

“正因为就在旁边，所以小姐姐你快去买一下啊。”

终于，妈妈气冲冲地走进纪惠和姐姐的房间。

“我说了我还要做作业呢。让谅去买好了！”

“谅还太小，还不能自己一个人去买东西。”

“我上小学以前就开始一个人去买东西了，而且那会儿旁边还没有便利店呢。”

“谅差不多也可以自己去了，但你去不是快一些嘛。”

妈妈微笑着看着谅。

“糟了！鱼要烤糊了。你快去买一下啊。”

说完，妈妈赶紧往厨房跑。

“我不喜欢吃鱼！”

谅开始耍脾气。

“吃鱼会变聪明的。对了，吃完饭后咱们吃谅最喜欢的甜瓜好不好？所以，谅要加油多吃点鱼噢。”

妈妈的这句话就像一把大刀，斩断了纪惠内心的最后一丝希望。

刚才还想说“那好吧，实在不行我就去买吧”，现在她却咬紧牙，在心里默默地说：

“我坚决不去！”

“为什么？为什么？为什么每次都是我去帮妈妈买东西？为什么不是姐姐，也不是谅，而总是我？难道我生来就是任凭妈妈使唤的孩子吗？”

纪惠从桌子边扭过头，朝着妈妈嚷道。

妈妈一巴掌打在纪惠的脸上，“干吗说话这么拧巴？算了，以后再也不让你去帮我买东西了。谅，快过来，陪妈妈一起去买蛋黄酱。我们得先把火关掉才行。”

妈妈拉起谅的手出门去了。

“妈妈我想吃巧克力。”

纪惠听到了谅撒娇的声音，强忍着的泪水终于夺眶而出。

妈妈要是肯说“饭后我们一起吃纪惠最喜欢的甜瓜”，自己也不会如此伤心，也会非常乐意去帮妈妈买蛋黄酱。今天是纪惠的生日，她一直在等着家人对自己说一声“生日快乐”。不吃蛋糕也没关系，至少晚饭有一道菜得是纪惠喜欢的吧。

小学二年级以前，同学之间每年都会你请我我请你举办生日派对。而生日派对也变得越来越铺张。这个问题引起了学校的重视，于是要求大家停办生日派对。在这之后，纪惠发现家里没有人记得住自己的生日。每次都是自己说“今天我生日”，大家才会想起来给她庆祝。去年生日那天，纪惠在吃晚饭时说：“今天是我的生日。”妈妈才急急忙忙跑出去买蛋糕。今年，她决定不再提醒，而是等着大家主动跟自己说“生日快乐”，结果却是这幅光景。

这已经是她第五次离家出走了，出走的原因大致都类似。“你是姐姐，要让着弟弟”、“你是妹妹，要听姐姐的话”。纪惠既是姐姐又是妹妹，每次总是她挨批评。她觉得在兄弟姐妹中排行中间真没意思。

她已经熟悉了离家出走时该带些什么东西，但这次却只带了一千三百二十日元的现金。存折上还有钱，但已经过了下午六点钟，纪惠没有银行卡，所以取不出钱来。如果跑到由利家，只会是跟之前的离家出走相同的结果。在由利家吃着晚饭，妈妈的电话便打过来了。趁着纪惠洗完澡心情有所平复，妈妈便来把她接回家。这一次，纪惠想去北海道的奶奶家，妈妈那样对自己，她决定不原谅妈妈。明天天一亮，就可以从邮局里取出路费。可是，今天晚上怎么办呢？没有旅馆会留宿一个小孩子，况且也没有钱去住旅馆。

“啊……啊，我该怎么办呢？”

纪惠叹了一口气。

随着纪惠的叹息声，旁边的秋千忽然晃了一下，明明一丝风都没有。纪惠扭头一看，吓了一跳，秋千上有一只大黑猫。它是什么时候来的呢？一点都没有察觉到。而且，黑猫就像小孩子一样，用前爪抓住秋千的链子，用后爪荡着秋千。

“你无处可去了吗？”

黑猫稍稍瞥了纪惠一眼。

“你会说话？”

纪惠不由自主地问道。

“黑猫无所不能。你离家出走了吧？”

黑猫猛地从秋千上跳了下来。它全身上下只有后爪是白色的，犹如穿了鞋子一般。它用它的后爪灵巧地站在地上。

“如果无处可去的话，我给你介绍一个好的去处，怎么样？”

黑猫歪着脑袋问道。

“你问我怎么样啊——”

纪惠凝视着黑猫。她觉得与可疑的人相比，黑猫的邀请更让她放心。然后，为了确认真的是黑猫在说话，纪惠继续说：

“什么好去处？”

“看来我得具体跟你说一下才行。我叫佩罗，你看我像不像穿长靴子的猫？我正是因此而得名的[1]。你叫什么名字？”

“我吗？我叫山名纪惠，小学五年级。你叫我小纪就可以了。”

纪惠觉得很不可思议，自己竟然在跟猫对话，她这样回答道。

“你叫纪惠啊，所以才叫小纪啊。”

纪惠点了点头。

在谅出生以前，大家都叫她小纪，现在却都改成了“小姐

---

①夏尔·佩罗(Charles Perrault 1628-1703)，法国诗人、文学家，代表作《穿长靴子的猫》等。

姐”。我现在离家出走，变成了孤零零的一个人，所以我要恢复小纪的身份，纪惠这样想道。

“小纪，是这样的，现在有人拜托我帮她找几个家庭成员。我觉得有个孩子比较像样。”

“像样？”

“是啊，一个家庭不都是有爸爸、妈妈，还有孩子组成的吗？”

“嗯，或许吧。电视里的广告什么的，一说到家庭，大概都是这样子的吧。”

“你不是无处可去吗？就当是兼职试一下怎么样？不管怎么说，可以先有个落脚之处啊。”

佩罗试探地说道。

“如果不喜欢，我还可以回来吗？”

“当然可以。如果小纪想回来的话，可以随时回来，我可以向你保证。如果小纪愿意成为这一家的孩子，我可以满足你所有的条件。”

“什么条件？”

“父母你可能没有办法自由选择了，但比如说你想要个哥哥或者妹妹什么的。”

“我不想要兄弟姐妹。”

纪惠甚至想说——“绝不要”。

“对，条件就是指这些。”

佩罗点点头，然后轻轻举起右前脚，从空中拿出一支笔和一个记事本，看着纪惠，像是在说，还有呢？

“可……可是，我不知道该提什么条件。”

“就提一些人类生活所必需的。比如对住的地方、吃的东西，还有穿着打扮等等，每个人都有自己的喜好吧。你喜欢什么样的房子？新艺术派蜿蜒曲折的感觉？早期美国式的简约风格？还是与意大利家具相称的超现代类型？啊，或者说你喜欢榻榻米加暖炉的和式？”

“啊？连这些条件都可以提吗？”

“我会尽量满足你的要求。衣服呢？你喜欢现在身上穿着的衣服吗？”

黑猫打量着纪惠身上的短裤和防寒夹克。纪惠本来打算要去北海道的，所以选了自己喜欢的牌子。

“喜欢，非常喜欢。但这个牌子很贵。这是姐姐在旧货市场上淘来的，但姐姐穿不下。要不然他们才不会给我买呢。好像跟妈妈的夹克衫一样贵呢，妈妈决不会进这个牌子的专卖店的。”

“没问题，我会为你准备好这个牌子的衣服。”

“真的吗？”

纪惠从秋千上跳了下来。这家人好像很有钱的样子，听起来要比去北海道更有吸引力。

“那吃的呢？有什么不喜欢吃的东西吗？”

佩罗一边在记事本上写着，一边问道。

“我不挑食。只要有纳豆，基本上就可以了。另外，我比较喜欢吃油炸虾。”

“啊，太好了。另外两个人要求太多了，好像得不断扩大农田和果园才行。对了，我差点忘了，你喜欢什么样的房间？”

黑猫翻了翻记事本问道。

“唔……我想要一间《绿山墙的安妮》中的小屋。比如床上罩着拼接起来的床罩什么的。”

“好的。给你加一间浴室怎么样？”

“是我专用的？”

“对。不管怎么说只是一个临时家庭，总不能让小纪你觉得还是住在原来的家里吧。”佩罗收起记事本，接着说，“好了，现在我就去准备，不过今天晚上可能来不及了。小纪，房子明天傍晚就可以住了。今晚你就辛苦一下，我为你准备了盒饭和睡袋，你再坚持一下。啊，太好了，我的工作也完成了。那就拜托了。”

说着，微笑着低下头鞠了个躬。

“啊，好，好的。”

纪惠也连忙还礼。

02

第二章

等纪惠抬起头，佩罗已经不见了踪影。而且她发现自己已经不在公园里，而是到了一个漆黑的地方。

眼前是一座黑漆漆的大房子，云彩流走，月亮瞬时洒下光芒。

大大的人字形屋顶，窗户上没有窗帘，纪惠的脚边放着她的行李。

这里就是那个募集家人的地方吗？纪惠环视四周，发现稍远处站着一个人，个子瘦高，但整个轮廓有点奇怪。那个人好像也朝纪惠这边看了一眼。这时，云彩重新遮住了月光。在黑暗中，纪惠和对面的那个人都没有动。

感觉像是过了几个小时，云彩再次流动，月亮重新洒下光芒。

纪惠和那个人互相凝视着对方。

难怪看上去那么奇怪呢。

“小丑。”

纪惠小声说道。

那个人头顶上光溜溜的，耳边的头发像是缠绕在一起的毛线，乒乓球般的红鼻子，雪白的脸，一只眼睛上画着蓝色的星星。嘴巴像两条鳕鱼子。

身上的衣服像是一件满是褶皱的婴儿睡衣，脚上的鞋子出奇的大。

“太好了，这里竟然有人啊。我还以为只有我自己呢——”

只见那双大鞋子急急忙忙地走起来。可是鞋子实在太大了，刚一迈步，他就像一根棍子一样倒了下去，和以前看过的马戏团的小丑简直一模一样。纪惠本来还站在那里发呆，结果吓了一大跳。

“你没事吧？”

纪惠跑过去问道。

“没……没事。我已经习惯了，不过刚才是真的摔倒了。”

小丑扭动着身子吃力地站起来。乒乓球般的红鼻子瘪了进去。

“难道说你也是佩罗挑选来的？”

小丑朝纪惠的行李努努下颌，纪惠看到小丑站着的地方也放着一个皮箱，上面粘满了胶带，看来这个皮箱也是伤痕累累了。

这时，突然传来一个声音：

“佩罗？他们在说佩罗？是佩罗叫他们来的吧？”

“应该是，不然这里怎么会有两个人？”

另外一个声音说道。声音是从房子的门口传来的，原来是大门左右两侧的狮子门环在说话。

“天哪！”

纪惠和小丑小声尖叫着，两个人都惊呆了。

“莫蒂，莫蒂，佩罗找的人到了！”

“就是要和你一起组成家庭的人！”

狮子们先后喊道。

“进去吧，你们今后也要在这里生活，不过这里还没完全建好。”

“但总比待在外面好。莫蒂，你怎么了，睡着了？”

狮子们虽然在大声吆喝，但能感觉到它们是善意的。

“吵死了！你们不过只是个看门的，不要直呼我的名字好不好！”

说着，大门打开了，里面走出来一个女人。

“切，你个千年留级生，好不容易才有了自己的房子，也别太得意忘形了。”

“你觉得自己已经能够独当一面了，说不定哪天房子就会被收回去呢。”

莫蒂听到狮子们这么说，就挥着拳头去咚咚咚地敲它们的头。

看到待在原地不动的纪惠和小丑，莫蒂生气地大声说：

“这个佩罗，可真是的，就算再没时间，也应该好好挑选一下吧。怎么找这些人来做我的家人？！”

说完，便转身又回到房子里去了。

惊讶至极的纪惠和小丑用力转动脖子，互相看着对方的脸。他们三个将成为一家人？纪惠的爸爸是小丑，而妈妈则是——

“魔女。”

小丑低声说道。

莫蒂戴着黑色的尖帽子，披着黑色的斗篷。

“你们要在外边站到什么时候呀！”

莫蒂怒喝道。

“快进去吧。莫蒂看上去虽然很凶，但其实心眼并不坏。”

“而且，她也是因为你们才得到的这座房子。快进去吧，外面这么冷。”

狮子们话音刚落，小丑“阿嚏”一声打了个喷嚏。

小丑慢慢地拖起他的箱子向屋里走去，纪惠也拿起提包紧随其后。

“这个房子怎么盖成这个样子了？我都住惯了马戏团的帐篷了。”

先进到屋子里的小丑边四下张望边说道。

屋子里有灌木丛，还种着矮树，仿佛是把屋外的光景直接搬了进来。不过，因为有墙和屋顶，加上莫蒂还点着篝火，感觉比外面要温暖很多。

“盒饭，还有睡袋。”

坐在篝火前烤火的莫蒂用下巴指了指说道。

篝火照着莫蒂，尖尖的帽子戴得很低，看不清她的模样，但声音却是极好听的女低音。

纪惠也环视四周，想起佩罗说房子明天傍晚之前就可以盖好，他还说会把房子布置成小纪喜欢的样子。自己要跟小丑爸

爸和魔女妈妈一起生活了，如果说想要一张纯金的床，想必佩罗也会点头同意的吧。

“都进来了才问你，你怎么打算的？想回去吗？我已经无家可归了，虽然房子里跟外面没什么区别，虽然只是一个有狮子看守的牢笼，但我不介意。”

嘴里这样说着，小丑却待在原地丝毫未动。本来以为是个正儿八经的家，但当他看到房子奇怪的布局，好像再次清醒地意识到自己接下来要跟魔女生活在一起。

“我也无家可归了。”

纪惠用手摸了摸被妈妈打过的脸庞，还火辣辣的。两个人慢慢走近火堆。

三人围坐在篝火前，像是用尺子量过一般，彼此之间都有一百二十度的间隔。盒饭应该是佩罗送来的，里面有纪惠爱吃的油炸虾，还冒着热气，好像刚刚做好的样子。但纪惠感觉不出是不是好吃，只知道手和口在不停地动着。

小丑吃了不到一半，就把盒饭的盖子扣上了，纪惠也合上了盖子——两个人不约而同地看着莫蒂。

莫蒂没有吃盒饭，一直在百无聊赖地抽着烟。

“我叫莫蒂，我需要你们做我名义上的家人。”

说完，便耸了耸肩。

“佩罗去哪里了？他是你养的猫吗？”

小丑朝灌木丛的后面探了探头。

“佩罗是魔女学校校长的仆人，魔女学校召开教授会，讨论我自立门户的问题。正如方才这座房子的门环所说，我是魔女学校的千年留级生。校方也不想让我一直留在学校里，便开始想方设法地赶我。他们说我会带坏低年级的学生，又爱惹是生非，总是给学校添麻烦。因此，学校提出的条件是，只要我和家人生活在一起，就同意我自立门户，可能他们觉得我什么事都有可能干得出来，所以需要有监护人吧。但提起我的家人，我有几个早就自立门户的妹妹。但我们已经两百年没有联系了，况且我这个当姐姐的又这么没出息，她们肯定不乐意跟我生活在一起。所以，校长才命令佩罗把你们找来和我一起生活。”

莫蒂说着，故意深深地叹了一口气，意思好像是“我对你们不是很满意”。纪惠和小丑耸耸肩，像是在说“彼此彼此吧”。莫蒂没有再说什么，又抽起了烟。

“那个，我对魔女的生活不是很了解，又是房子，又是家人什么的，自立门户需要有家人看护，难道不应该是会魔法的

家人吗？我是个小丑，却连变戏法都不会……”

“啊，我也只是个普通的小学生。”

“没关系的，我已经和校长说好了。其他老师都以为我和妹妹生活在一起呢。校长宁愿撒谎，也不想让我继续留在学校里了。你们听好了，不管谁问起来，一定要说我们是一家人，千万不要说是佩罗叫你们来的。不过，我的担心也是多余的，反正你们也是无家可归，才到这里来的吧。”

说罢，莫蒂便冷笑一声看着纪惠和小丑。听她这么说，两个人也无言以对。

莫蒂知道，两个人已经领会了她的意思，于是，她用小树枝把火拨旺，继续说：

“魔女从小就要住在魔女学校的宿舍里，等到毕业能够自立门户时，就会有一个独立的住所，比如一座山、一个湖、一个村庄或者城镇。作为毕业礼物，校长会在那里建一座房子。从此以后，魔女就住在这座房子里，负责照料附近的动物、植物还有人类。不过，如何照料是由魔女自己决定的。比如有的魔女会告诉大家自己住在这里，与大家和睦相处的同时照料周围人的生活，而有的魔女则会默不作声地帮助大家，不想让任何人知道有关自己的事情，”

纪惠从莫蒂的语气中听出了点什么。

“那您是打算悄悄地帮助大家吗？”

纪惠问道。

“那当然了。我可不想每天去解决这样那样的纠纷，我最不能忍受的就是受人类的摆布。如果大家不知道我住在这里，那么我只要去处理一些我发现的问题就可以了，这多轻松啊。本来这里就是无人岛，我觉得雨水不太够的时候就稍微降点雨，要是有鸟蛋从窝里掉出来，我就把它放回去，这些就够了。”

莫蒂微微一笑，伸了个懒腰，接着说：

“啊……啊，真想早点去镇上玩儿！”

“这里不是无人岛吗？”

小丑和纪惠歪着头，好像在说你刚才不是说这里是无人岛吗？

“你们别忘了，我可是魔女噢。我骑着扫帚一跳，就能飞到大海对面繁华的镇子上。提起弹跳王莫蒂，那可是小有名气的。我最喜欢热闹了！当然，有好几次被老师抓住，也挨过不少批。现在，我终于从那种受人约束的生活中摆脱出来了，我得尽情享受一下才行啊！”

莫蒂快速地摘下帽子和斗篷，展开睡袋钻了进去。

“晚安！您不再说点什么了？”

小丑问道，但莫蒂没有回应。

“虽说我们只是名义上的一家人，但毕竟是要在一起生活的，为了大家都能过得愉快，起码的礼貌还是要的吧？”

小丑没有放弃，继续说道。莫蒂明明还醒着，却假装已经睡着了。

“嘿！佩罗说有个好的工作岗位问我干不干，说只要待在这里假装是一家人就可以，我还以为会很轻松呢。”

小丑大失所望地看着纪惠。

“我是马戏团的小丑，被解雇了。那里是肯雇用我的最后一家马戏团。小丑的主要工作就是负责扮丑逗客人们笑，而我却把扮丑这件事演砸了。连续两次出丑，都没能把客人逗笑。大家都叫我‘二丑’。今天我竟然把同事也牵连进来了，所以我来了这里。你可以叫我‘二丑’，我们两个好好相处怎么样？”

“嗯，我也喜欢过得舒心和轻松。你叫我小纪好了，我是离家出走来到这里的。”

“明白了。小纪，我们也早点睡吧，晚安！”

说着，二丑钻进了睡袋里。

“晚安，二丑。”

纪惠说道。小丑没有让她喊自己爸爸，这让纪惠松了一口气，还是“二丑”更容易喊出口。

03

第三章

睡袋睡不惯，加上突然多了两个奇怪的爸爸和妈妈，纪惠觉得自己肯定睡不着，结果不知不觉竟进入了梦乡。

“莫蒂，莫蒂，快起床，有客人来了！”

“你要睡到什么时候啊？来客人了！”

狮子们的喊声将纪惠从睡梦中叫醒。

纪惠觉得身上的每个关节都在疼，可能是睡在睡袋里的缘故吧。她拖着疲惫的身体用力爬了起来，看了下四周照进来的早晨的阳光。自己终于有一晚上不住在家里了，可是接下来该怎么办呢？不过与这种担心相比，她想到妈妈肯定会很担心自己，于是得到了一种强烈的满足感。

狮子们仍然不厌其烦地喊着莫蒂。二丑也起来了，可是莫蒂却纹丝不动。

纪惠走上前去，晃了晃莫蒂的睡袋。

“吵死了！到底想干什么呀！”

莫蒂终于睁开了眼睛。

在明亮的光线中，可以看到莫蒂满脸的彩妆——假睫毛、眼影，还有精心描绘的眉毛——开始有些剥落了。其实即便她不化这么浓的妆，相貌也是很端正的。原本以为魔女都是鹰钩鼻，但莫蒂的鼻子却是高挺笔直的。她看上去要比纪惠的妈妈年轻，但也已经是阿姨的年纪了。虽说刚刚从魔女学校毕业，但实在没有办法再称她为学生了。纪惠开始有点理解校长为什么无论如何都要让莫蒂离开学校了。

莫蒂听到了狮子们的喊叫声。

“这里可是无人岛啊，怎么会有客人来呢？”

莫蒂一边咯吱咯吱挠着着色过度的蓬乱的红褐色头发，一边大声喊道。

“但的确是有客人来了。”

“你快点出来吧，太不礼貌了。”

狮子们坚持说有客人来了。

“哎，真是的，话说回来，小鸟啊，松鼠啊，也算是客人啦！”

莫蒂小声说着，便梳理好头发，迅速地戴上帽子，披上斗篷。

因为昨晚和衣而睡的缘故，她身上的连衣裙已经满是褶皱。莫蒂走到门口，稍稍拽了拽长裙摆连衣裙，然后整理了一下帽子。

“我可是魔女莫蒂啊！”

她的声音有点装腔作势。门忽地一下子自己打开了。

“对方只不过是小鸟和松鼠，她还这么装腔作势，看来是有点紧张啊。”

二丑小声说着，一副“看热闹去”的表情，来到了门口。

“这毕竟是她的第一单活儿啊。”

纪惠也暗笑着跟了出去。

站在早晨阳光里的，不是小鸟，也不是松鼠，而是一个黑头发、身穿牛仔裤加方格衬衫的小男孩，他看上去和纪惠年纪相仿。

“竟然是人类！”

莫蒂尖声叫道。

“真的是魔女啊！”

小男孩也同样发出一声尖叫。但当他发现跟在莫蒂身后的二丑和纪惠后，马上恢复了平静。

“本人——啊，不，我是隔壁的米克拉·萨达特。爸爸，啊，是我爸爸说让你来吃早饭……啊，原话应该是‘请您来我家用早餐’来着。”

说着说着，萨达特抬起头望着天空。这些话他本来已经练习好了的，结果又给忘了。

“隔壁？”

莫蒂重复道，以为自己听错了。

“嗯，是的。穿过这片树林就是俺……啊，就是我家。这一带除了魔女宅邸之外——”萨达特把眼前这座房子称为魔女宅邸，“还有三角旅馆，不过现在已经关门了。另外，可能离得稍微远一些，还有一艘船，叫‘海王星’号。”

萨达特用手指指这里又指指那里，然后“哈——”地长舒了一口气。

“你跟平常一样说话就可以了，我们都是邻居嘛。你这么拘谨，我们听着也有点不自在了。”

二丑看到莫蒂听说自己竟然有邻居，惊讶得一句话都说不出来，于是替她说道。萨达特看到二丑使劲儿地上下抖动肩膀，终于露出了笑容。

“你刚才说‘这一带’，岛上有人居住吗？”

二丑问萨达特。

“嗯，岛的另一端有一个小镇。”

“小镇？”

莫蒂打了个趔趄，一下子瘫倒在门上。

“也就是说这里是一个热闹的岛啊。”

二丑看着纪惠，好像在说“这下可好了”。

“为什么？为什么会有小镇呢？”

莫蒂嘴里嘟囔着，突然从门上跳了起来，站得溜直。

“校长这个家伙是不是搞错了？不是我吹牛，我可是魔女学校的千年留级生啊。他怎么可能把一个有人居住的岛，而且是一个有镇子的大岛交给我呢？”

莫蒂使劲点着头，像是在说“一定是这样的”。她觉得肯定是校长搞错了，于是松了口气。

但是——

“我觉得没有搞错。今天早晨收到魔女学校校长写来的一封信，信上印着：我的学生莫蒂毕业了，今后要在这个岛上生活，有什么事情请尽管吩咐。信的最后还亲笔写道：莫蒂现在和家人生活在一起，房子今天晚上就可以盖好，在房子建成以前，请多多照顾一下，给您添麻烦了。你们是二丑和小纪吧。小纪，我们两个一样大。”

萨达特微笑着看着纪惠。纪惠心想：信上竟然连我的名字和年龄都写了，忍不住努力朝萨达特笑笑。

“所以爸爸想让您到我家一块儿吃早饭。”

萨达特终于把来意说清楚了，脸上露出一副放松的表情。

“这个多管闲事的老不死的！真是闲操心！”

当莫蒂知道校长这是故意的，便握紧了拳头，气得浑身发抖。

“去吗？”

纪惠看着从门里走出来的二丑问道。

“不能去！要是去了，以后就不得不跟人类打交道了！”

莫蒂大声喊道。

“可是校长已经写信告诉大家你住在这里了呀，再躲在这里也无济于事。人家也是好意，况且我们的厨房还没有建好，我们就去吃一次吧。你可能看不出来，我可是一个美食家噢，现在我已经饿得眼冒金星了……”

二丑说着，头也不回地走了出去。

听到这里，纪惠也觉得自己有点饿了。昨天也没怎么吃好。

这时，不知谁的肚子“咕——”地叫了一声。纪惠和二丑四下看看，像是在说“不是我”，好像是莫蒂。莫蒂的头扭向一边，假装不是自己。纪惠和二丑互相看看，会心地笑了。

萨达特走在最前头，他的身后依次是小丑、纪惠，还有莫蒂。萨达特领着他们走进开始披上红装的树林。

“是不是校长把莫蒂和其他魔女搞混了？”

纪惠问二丑。

虽然纪惠不知道莫蒂的功力如何，但她可以断定的是，莫蒂根本没有干劲。就像莫蒂自己说的，她也觉得莫蒂无法胜任照料一个住着很多人的大岛。

“但是，小纪，校长的信里不是也提到我们两个了吗？我觉得这是不是校长的一个策略啊。”

“策略？”

“对。莫蒂不是说在这个岛上，只要去做一些自己想做的事情就可以吗？”

“是啊，她说不想让别人知道自己住在这里，说那样会轻松一些。”

“校长肯定早就猜透了莫蒂的心思，所以写信告诉大家，有魔女住进来了，这样，就可以给莫蒂多找些事情做。”

“原来是这样啊。信上还说如果萨达特遇到什么困难，都可以找她帮忙呢。”

“魔女都会魔法，如果大家知道附近住着一个魔女，肯定都会来找她帮忙的吧。那样的话，就不仅仅是把鸟蛋放回窝里那么简单的工作了。看来这次莫蒂没法偷懒了。”

二丑回头看看纪惠，像是在说“是吧”。纪惠点了点头，然后回头看看莫蒂。

“切，说不定还真让二丑说中了，那个臭老太婆还真有可能干出这种事来。这叫什么事儿啊！好不容易从那个老太婆手里逃了出来，我还正高兴呢，这样一来岂不是更惨？！”

莫蒂看上去似乎气得不轻，又是踢树，又是使劲儿地折着树枝。

新妈妈脾气相当暴躁。纪惠和二丑急忙扭过头，装作没有看见。

树林里没有路，左拐右拐花了不少时间，如果是直线距离的话，也就不到五分钟的路程。

穿过树林，便是一块空地，空地中央有一座房子，房子上的白色涂料已经开始剥落。再远处是湛蓝的天空和大海。

“离得果真很近哪。”

二丑呼吸着大海的味道说道。

“翻过那个坡就是三角旅馆。以后你们要是去镇上的话，可以用我们家的船，在这里可能看不到，房子的后面就是一个码头。”

萨达特停下脚步，一边用手指着一边说道。

“这个岛叫牛角岛，形状真的很像一个牛角面包。我们现在就在下边这个角。”

萨达特用右手做出一个半圆的形状，开始给大家进行讲解。现在的位置应该是在大拇指和食指相连的地方。

“小镇在对面角的根部位置，岛屿面向海湾的一侧是陡峭的山崖，路在岛的外侧。所以，去镇上时，坐船穿过海湾要比走路快得多，也就十五分钟吧——啊，我忘了，魔女是会骑着扫帚飞的，根本不需要坐船！”

萨达特不好意思地挠了挠头。

04

第四章

穿过空地，便是一片野草丛生的田地，看上去已经好久无人打理了。萨达特家的玻璃窗脏兮兮的，门口的楼梯上也满是泥土。

听到开门声，一个比纪惠和萨达特年纪小些的小女孩从大厅里的一扇门里探出头来。她头上梳着左右粗细不均的三股辫子，身上系着肥大的围裙，双手叉腰，扭着头看着纪惠他们。小女孩长着八字眉。当她看到莫蒂时，一边上下打量着，一边说：

“真的有魔女啊！”

“米娜！”

萨达特训斥道。那个叫做米娜的小女孩终于有些不满地将视线从莫蒂身上移开，对萨达特说：

“早饭还没准备好呢。”

说完，又开始盯着莫蒂看起来。

“你对我有意见吗？是你们让我来我才来的！”

说着，莫蒂一下子就要冲进屋子里，纪惠和二丑拽住她的斗篷制止了她。纪惠也觉得很奇怪，到底是为什么呢？那个叫做米娜的小女孩，就像在看一只十分讨厌的蟑螂一样看着莫蒂。

“米娜，不是应该请客人进屋吗？那个，家里发生了点事情，你们别放在心上。”

萨达特对米娜说完后，将视线转向纪惠他们解释道。

“我是萨达特的妹妹，请进，请进。”

米娜连忙对纪惠他们说道。

米娜紧绷着脸，打开她出来的那扇门，自己先走了进去。萨达特也把纪惠一行领到了这个房间。

莫蒂耸了耸肩膀，觉得有点莫名其妙，但还是跟在萨达特后面走了进去。纪惠和二丑看到米娜那副表情后，相互看看，不知道应不应该进去，这时，萨达特说了一句“请进”，于是，他们两个也跟着来到了这个房间。

原来里面是食堂，大大的窗户面朝大海，很是敞亮。但窗户上的玻璃也很脏了，桌布上也有明显的污渍。

纪惠他们一齐拥入食堂，这时，一个明显长出白发的和萨达特长得很像的男人，手里端着锅，急急忙忙从厨房里走了出来。

“啊——欢迎大家，我叫米克拉，是这两个孩子的父亲。啊！”

米克拉本来想要跟大家打招呼，结果脚下一绊，锅子从手里飞了出去。

“糟了！”

“得赶紧擦一下。”

米克拉和二丑急忙去拿桌子上的抹布，结果两个人的头撞在了一起。

“不好意思，我总是笨手笨脚的。”

“我也是。我叫二丑，这是我的妻子莫蒂和女儿小纪。”

米克拉和二丑一边收拾着酱汤里洒出来的菜，擦着地板，一边聊着。

莫蒂没等主人发出邀请，就一屁股坐在了椅子上。

萨达特捡起空空如也的锅进了厨房，纪惠见自己无事可做，便跟着萨达特也进了厨房。

“我来帮忙重新做一份酱汤吧。”

纪惠说着，便接过萨达特手里的锅。

“小纪好像很熟练的样子啊。”

看到纪惠掰下杂鱼干的头，萨达特小声说道。

“妈妈要上班，所以我经常到厨房打下手。”

纪惠想起妈妈在厨房如录像带快进般忙碌的身影。

她在家经常帮着妈妈做家务，她最喜欢的就是饭前的准备和饭后的整理了，因为可以和妈妈一起待在厨房里。她不喜欢出去买东西。

一边往外拿玻璃碗，一边聊一聊朋友；一边洗菠菜，一边说说学校发生的事情；一边摆茶碗，一边听妈妈发一些工作上的牢骚。都是些有头没尾的，说不说都行的小事情，但即便这样，纪惠还是喜欢这一段单独与妈妈相处的时光。

纪惠一边做酱汤，一边回想起以前的事情。

“啊，又哭了。”

正在煎鸡蛋的米娜小声说道——原来是蛋黄流了出来。

“米娜的妈妈也这样说吗？我妈妈也是。”

纪惠看着米娜说道。米娜一直盯着锅里的煎鸡蛋，头也没抬。萨达特正在洗西红柿，他的神情也有些忧郁。看到这些，纪惠突然意识到了什么。

在厨房里做饭的是米娜和萨达特，家里没有看到妈妈的身影。

“对不起啊，我有些粗心，没注意到这些。”

“哈哈——哈哈——”

外面传来莫蒂大笑的声音。

“人如其名，真是愚笨之极啊。这次又撞到柜子上，上面的花瓶掉下来砸了自己。”

莫蒂对探出头来一看究竟的萨达特说道。

“瞧，你爸爸还有二丑浑身都湿透了，快去拿毛巾来！”

“我们还是直接去浴室吧。二丑先生，这边请。”

萨达特和米克拉领着二丑进了浴室。

“每次都是这样，爸爸说是有客人要来，所以在最大的花瓶里插上了花，结果马上摔碎了。不管干什么，光我们几个好像总做不成。”

米娜依然低着头。

“米娜的爸爸没有再婚吗？啊，是米娜和哥哥不想要新妈妈吧。”

听到纪惠这样说，米娜终于抬起了头。

“我不知道哥哥心里怎么想的，但我想要妈妈。可是很难实现。因为爸爸总是在家里工作，很难结识新的女人。”

米娜无力地摇摇头。

“可以去相亲。我爸爸和妈妈就是相亲认识的，现在过得可幸福了。”

“相亲？”

“噢，这里可能跟我生活的地方不太一样。相亲就是把想要结婚的男人和女人介绍到一起。比如亲戚中乐于助人的阿姨，觉得这个人和这个人可以结婚，就介绍他们认识。”

“这样啊，明白了，所以你的魔女妈妈和小丑爸爸就结婚了呀。我还觉得奇怪呢。”

纪惠正在切豆腐，听到米娜这么说，差点切到手指头。

在厨房做着饭，跟米娜聊的妈妈竟不是莫蒂。现在她也没法再去解释说不是魔女妈妈。况且，莫蒂一再叮嘱要说他们是一家人。

米娜咬着嘴唇，使劲儿点了点头，然后将握在手里的锅铲一扔，跑出了厨房。

“我有件事想要拜托您。让我的爸爸去相亲吧。替我们找一个能做我们妈妈的人。莫蒂你就扮演一个乐于助人的阿姨。你要真的是魔女，应该会魔法的吧。”

米娜缠着莫蒂不放。

“你在说什么呀！相亲？啊，我好像在学校的‘人类的生活’这门课上学过。”

莫蒂有点丈二和尚摸不着头脑。

“莫蒂阿姨和二丑叔叔不也是相亲认识的吗？你施展魔法帮我们找一个妈妈吧。小纪，小纪你快帮我求求你妈妈。”

米娜一副认真的表情向纪惠恳求道。

既然米娜都这么说了，纪惠也不能坐视不管。

“妈妈你们不也是经人介绍结婚的吗？是佩罗介绍你们认识的吧。”

“这个多嘴的丫头！”

莫蒂用可怕的眼神瞪着纪惠。

既然事已至此，纪惠也只能将错就错了，于是接着说：

“妈妈，你别不好意思啊。”

莫蒂气得眉毛都竖起来了。

“求求你了，求求你了！”

米娜丝毫没有要放弃的意思。

“我为什么要这么做？”

“魔女不就是应该要给住在附近的人们提供帮助的吗？”

纪惠瞪着莫蒂说道。

“我不是说过了吗？我不会帮助任何人。”

“或许你最初是这样想的，但现在这种局面，我觉得你不能不帮他们一把。”

纪惠有点生气了。莫蒂到底打算逃避到什么时候？校长已经写信告诉大家她住在这里了，就算做不好，至少也要尽力去帮助大家吧。不过，莫蒂也没说自己做不到。

纪惠在米娜的耳边低声说了些什么，米娜从桌子的抽屉里拿出一封信递给纪惠。

> 秋风送爽，天高云淡。牛角岛的朋友们，大家过得还好吧？我的学生魔女莫蒂从魔女学校顺利毕业，接下来要到岛上和大家一起生活了。以后大家如果遇到什么困难，都可以随时去找她。莫蒂一定会尽最大的努力帮助大家……

听到这里，莫蒂顿时无力地低下头，像是投降般举起双手。

“真是的，我怎么偏偏选了这么个女儿啊！”

莫蒂认输了，“嗨哟”一下站了起来。

莫蒂一边做预备操似的挥舞着双臂，一边看着米娜。

“我如果感觉到有女人就把她们叫过来，你从中挑一个，可以吗？”

“我挑一个，她就肯做我们的妈妈吗？”

米娜问道。

“我是有魔法的。我把人叫来，你选好后，喊一声‘妈妈’就可以。怎么样？别忘了好好谢谢我！”

莫蒂摆出一副了不起的样子，像是在说：“怎么样？我很厉害吧。”

“我们选中的那个人，她的家人会想她吗？她离开原来的家，周围的人会伤心吗？”

“这说不准，可能会有人因此而感到伤心。但小家伙，你们不是想要妈妈吗？我哪里还有工夫去考虑那些素不相识的人的心情？”

莫蒂眉头一皱。米娜不知该如何回答，只是咬着嘴唇，沮丧地低着头。她想要妈妈，但又不想让其他人因此而感到悲伤。

纪惠扯了扯莫蒂的斗篷说：

“米娜真善良，她不想让其他人也和自己一样难过。你就找一些即便消失也不会让任何人伤心的人来吧。”

“要求也太多了吧！”

“你做不到吗？”

“我试试看吧。开始了啊。”

米娜“咕嘟”咽了一下口水。

莫蒂像做深呼吸一样，慢慢举起双手，闭上眼睛，嘴巴开始半张半合地念念有词。

突然，食堂里如照相馆闪光灯般闪起了光，纪惠马上闭上了眼睛。等她再睁开眼时，屋子里已经站满了人。

红头发、黑头发、黄头发、斑白的头发，颜色各异；卷发、直发、刚梳整的发型，还有用围巾包着头的，梳着三股辫的；帽子也是各式各样，有稻草帽、插满花的帽子、无檐帽、厨师帽，还有安全帽。仅是头部，已是形形色色——人群里传出一股女人化妆品的味道，而有的人当时正在做饭，手里还握着平底锅，所以也混杂着食物的味道。

刚开始的时候，大家有点不知所以然地你看我我看你，接着便不约而同地小声议论起来，有人甚至大声喊起来。

可能是听到屋子里有喧闹声，米克拉头上蒙着毛巾从浴室里走了出来。

“出什么事了？”

他惊讶地张大嘴巴。

“这些人都是从哪里来的？”

二丑也不停地眨着眼睛。

“爸爸，我让莫蒂阿姨找了一些可以做我新妈妈的人。你觉得哪个合适？”

米娜欢快地扑向米克拉。

“新妈妈？！”

刚刚回到食堂的萨达特惊讶地望着米娜。

“是啊。哥哥，你觉得哪个适合做我们的妈妈呢？”

米娜话音刚落，米克拉的巴掌就落在了她的脸上。

“你怎么能打孩子呢？”

二丑按住米克拉的胳膊。米克拉脸色苍白，气得浑身发抖。

“米娜，新妈妈是怎么回事？你不是有妈妈吗？”

萨达特的脸色也很难看。听到萨达特这么说，纪惠的脸更是变得煞白。

“你们有妈妈？”

她好不容易才问出口。萨达特点了点头，米娜依然低着头不肯抬起来。

“什么？！”

纪惠尖声叫道。

“也就是说，我现在可以让她们都回去了，是吧？”

莫蒂很不耐烦地说道。说完，便放下双手，刚才用魔法叫来的女人们瞬间不见了踪影，屋子里只留下她们带来的味道。

“你这个小家伙真是让人白忙活一场。到底怎么回事？”

莫蒂推了米娜一下。米娜抬起头，本来以为她哭了，结果却是在拼命忍着不让眼泪流下来。

“呦，年纪不大还挺有骨气的呢。你倒是说说看，到底是怎么回事！”

莫蒂坐在椅子上，双手“啪”地拍了一下桌子。

“我们和没有妈妈有什么两样？哥哥发高烧卧床不起，我摔倒蹭破了皮，爸爸头疼，她都不管我们，也不问我在学校过得怎么样，也不抱我，只知道一个人闷在房间里——她不是我们的妈妈！”

米娜斩钉截铁地说道。米克拉和萨达特只能在一旁眼睁睁地看着，不知道自己能为米娜做些什么。

一时间，大家都陷入了沉默。

“米娜的妈妈出什么事了？”

二丑问米克拉。

“那还是米娜刚上小学的时候，有一天，她突然说自己要变成魔女。”

“魔女！？”

纪惠、二丑，还有莫蒂都惊讶地瞪大了眼睛。

他们终于明白米娜为什么用充满厌恶的眼神看莫蒂了。

“为什么会突然产生这种想法？”

纪惠问萨达特。

“妈妈说那是她从小的梦想。”

“话虽如此……”

纪惠看看萨达特，又看看莫蒂，好像在说：“魔女也不是想变就能变成的吧。”

“米娜的妈妈好像在进行魔女修炼。平常人再怎么修炼，也成不了魔女，所以我觉得她不久就会放弃的。”

米克拉看了看莫蒂，像是在说“对吧”，然后转过头来看着米娜，说：

“我们不是说好了吗？三个人一起等妈妈回来？”

“妈妈不会回来了，都已经两年了，她已经不需要我们了，她已经不想再做我们的妈妈了。我不想再吃那些要么糊了、要么半生不熟的米饭了！我想穿平整的衣服，再也不想吃只有煎鸡蛋和咸菜的盒饭了。我想在睡觉前听妈妈给我讲故事，我想让妈妈给我梳三股辫！我想听到妈妈的笑声！我不想再过没有妈妈的日子了！”

米娜跺着脚大声吼道。

“那也不能随便找一个人来，做我们，做我和米娜的妈妈呀！”

萨达特也大声吼着。米娜咬着嘴唇怒视着哥哥。

“我在嘈杂的地方无法正常工作，所以住在这样一个冷清的地方。我的妻子翠伊原本性格也比较内向，所以我们几乎没有什么朋友。我听说莫蒂搬到附近来住，妻子一向很崇拜魔女，而且你们两个都是有女儿的人，年纪也相仿，我觉得应该会相处得很融洽，所以……”

米克拉怯怯地说道。

所有的人都把视线转向莫蒂。

莫蒂如融化了的奶酪般懒散地坐在椅子上，嘴里吐着烟圈，她挥舞着一只手，驱赶着嘴里吐出来的烟，更像是在躲避大家的视线。

“莫蒂，普通人应该成不了魔女的吧。那你就应该好心地现身说法，告诉她要想成为魔女需要具备哪些条件，需要吃多么大的苦头，劝她放弃。”

二丑小声说道。

“魔女原本心眼就不好，所以才会在魔女学校里学习如何善意地对待人类。”莫蒂耸耸肩，接着说，“而我却一再留级，毕不了业。”

她其实是想说：“我可做不到善意地劝说。”

二丑和纪惠失望地垂下了肩膀，像是在说：“莫蒂怎么能这样？”

“不如把你妈妈叫到这里来怎么样？毕竟这里有一个真正的魔女，虽说她喜欢把自己关在屋子里，应该也会来看一眼吧。”

听到纪惠这么说，米娜使劲点了点头冲了出去。

“说是魔女修炼，到底在修炼些什么呢？我也去看一下可以吗？”

纪惠对二丑说完，便跟在米娜的后面出去了。二丑点点头，说：

“我也挺感兴趣的。”

“白天她都不怎么从房间里出来，我不知道会不会给我们开门……”

米克拉这样说着，和二丑还有萨达特一个接一个地走了出去。

05

第五章

“妈妈，我们隔壁搬来一个魔女，是真的魔女，可厉害了！妈妈，你听到了吗？”米娜边敲门边喊道。

“妈妈，是真的！有个魔女住到我们这个岛上了，她的名字叫莫蒂。她住在树林那边的一座大房子里。”萨达特说道。

“莫蒂他们一家人现在在咱们家呢。我想让他们来一起吃早饭，你也一块儿出来吃吧。”

米克拉补充道，但没人应答。

“啊，真让人着急。别你一句我一句了，直接进去得了！”

身后传来莫蒂的声音，她好像也不愿意一个人待在食堂里。话音刚落，只见莫蒂已经用涂着鲜红指甲油的手用力抓住了门把手。

门没有上锁。莫蒂把门打开后，纪惠他们战战兢兢地朝里面看去。

昏暗的房间里，充斥着东西霉烂的气味，还有熬药的气味。

“太难闻了，这个房间是怎么回事啊，小纪，快去把窗户打开！”莫蒂喊道。

纪惠犹豫着该开还是不该开。

“我是魔女，这根本就不是什么魔女修炼。”

莫蒂捏着鼻子说。

既然真正的魔女说这不是魔女修炼，看来可以打开窗户了。但纪惠还是有点不高兴，为什么偏让我去开？我在这里也是任人使唤的孩子吗？她这样想着，但还是用手捂着鼻子进了房间。

霉烂的气味充斥着整个房间。纪惠踉踉跄跄地前进，像是在避开那扑面而来的恶臭。迎着刺鼻的气味，她撞倒了堆在地上的书，踢倒了锅子，简直恶心得快要吐出来了，好不容易才走到有一丝阳光照进来的窗帘前。

“不要开窗……”

黑暗里传来一声弱小的、含混不清的声音。但只听到了声音，不知道人在哪里。

“如果你不想让她开窗，那你就把她变成小猪，或者变成癞蛤蟆怎么样？”

莫蒂用鼻子哼哼一笑，像是在说反正你也做不到。那个人不再说话。

“小纪，快把窗户打开！太难闻了！”

莫蒂喊道。纪惠也已经忍受不了这股恶臭了，于是，她拉开窗帘，用力推开满是灰尘的窗户。

风从窗户吹进来，吹散了积攒多年的浑浊的空气。纪惠顺着风吹过的地方，环视了整个房间。

大大的桌子上和地板上都堆满了书。桌上小炉正在熬着药。地板上放着几个锅，里面装满了黏糊糊的东西，似乎已经开始变质，生出了白的、蓝的、黑的霉菌。难闻的气味可能就是这里发出的。干草成捆地堆在一起。花盆里种着细长的草，草的中间睡着一只癞蛤蟆。

莫蒂他们站在门口，差点就要被扑面而来的恶臭呛晕了。

“在、在这个岛上，只要进行这般修炼，不管是谁都可以变成魔女吗？”

因为味道实在太难闻了，以至于二丑开始觉得，如果能忍受这种恶臭，或许真的能变成魔女也未可知。纪惠也开始有点相信了。毕竟这里和纪惠、二丑生活的世界是不一样的。

“我怎么知道。我生下来就是一个魔女，我觉得魔女应该是有血统的。她只是一个普通人，为什么要做出如此愚蠢的举动？啊，受不了了，我要吐了！”

莫蒂大喊着，急忙离开房门口。

“我除了想做母亲之外，从小就一直想变成魔女，想骑着扫帚在空中飞来飞去，想施展魔法。我觉得孩子们也都大了，修炼的时机也成熟了。我一直以为只要努力，自己或许真的能变成魔女……”

那个声音再次传来。

“这种修炼有什么用？只会使屋子里充满恶臭！”

莫蒂把走廊的窗户全部打开，将身体探出窗外，“哇哇”地吐了起来。莫蒂好像对气味特别敏感。

纪惠循着声音望去，在房间的角落里发现了米娜和萨达特的妈妈翠伊。她呆呆地站在那里，其装束和刚睡醒的莫蒂相比有过之而无不及。头发好久没洗了，连梳都没梳，眼睛微肿，布满血丝，眼圈发黑，脸好像也没洗，上面还有眼屎和口水的痕迹。身穿一件满是褶皱的黑色连衣裙。可能是长时间闷在屋里的缘故，她的脸和手还有整个身体都有些虚胖、苍白甚至还有些浮肿。鼻子用晾衣夹子夹着，难怪声音听上去有些含混不清。

“我读了很多绘本和图画书，但还是不知道该怎么去修炼。所以就想先从装扮上开始吧，于是穿上了黑色的连衣裙，让鼻子也尽可能地向下垂。但是，蝾螈汤和炸蟑螂我实在是吃不下去。不吃这些东西就成不了魔女吗？”

望着瘫坐在窗边的莫蒂的背影，翠伊小心翼翼地问道。

“什么地方写着魔女吃那些东西了？！再说了，谁跟你说人类通过修炼就能变成魔女的？”

莫蒂终于停止了呕吐。她回过头，当她看到翠伊的一瞬间，眉毛便竖了起来。

啊，生气了！纪惠心想。也不能怪莫蒂生气，不管哪个魔女听到说用晾衣夹子夹住鼻子能变成魔女都会不高兴的吧。莫蒂的鼻子并没有垂下来。

她不是因为晾衣夹子而生气的。

“真让人来气！刚才你说什么？你说我和她年纪相仿？别

开玩笑了！能不能不要把我和这个中年妇女相提并论？可能是因为我穿着这件魔女学校又肥又大的制服你们看不出来，我的腰很细的，胸也很挺的，就连脚……要不我脱了给你们看看吧。”

说着，莫蒂开始往上撩她的连衣裙。

“不要这样，莫蒂，快停下！”

纪惠跑过去，用力拽住她的裙子。但莫蒂已经气昏了头，继续逼问米克拉：

“嗯？你说说看？我跟这个让人来气的白猪般的女人看上去年纪相仿吗？你给我说清楚！”

莫蒂俨然一个故意找茬的小混混。

“莫蒂，我们大家都知道你不像是一个有我这么大孩子的母亲。”

纪惠拽住莫蒂的斗篷想要制止她，可是莫蒂已经猛地抓住了米克拉的前襟。

“对、对不起，我看萨达特和纪惠年纪差不多，就以为孩子的妈妈也……”

米克拉看到气势汹汹的莫蒂，有点语无伦次。

“亲爱的，你既年轻又漂亮，根本看不出来有五百岁了，所以你不必担心。”

二丑拍了拍莫蒂的肩膀说道。

“五百岁？！”

米克拉一家以及纪惠都小声惊叹道。

“你，你胡说什么呀，我才三百二十八岁！”

莫蒂大声叫嚷着，忽地松开了抓着米克拉的手。

“啊，是我记错了，对不起，亲爱的。”

二丑马上道歉，然后笑着看了纪惠一眼。原来五百岁是他瞎猜的。

就此，莫蒂好像不再生米克拉的气了。但她突然一转身，这次把矛头指向了米娜。

“不做饭，不打扫卫生，不去田里干活，不照料家人的生活，这样的妈妈就应该被扫地出门吗？当然，你们并没有把她赶出家门，真是仁慈啊。”

莫蒂讥讽地说道。米娜始终低着头。

“可、可是，妈妈即使什么也不做也是妈妈呀。妈妈只要在家就足够了，哪怕是整天躺在沙发上……”

纪惠原本是想说“整天躺在沙发上看电视也没关系”，但她马上意识到她说的是自己真正的妈妈，于是急忙改成魔女妈妈的版本。

“整天躺在沙发上抽烟也没关系，只要在家就足够了，是……是吧？”

纪惠求助般望着二丑。

“是啊，我们家这位什么家务都不做，也不会做。”

二丑觉得称莫蒂为“亲爱的”很有意思。

一听到二丑喊自己“亲爱的”，莫蒂就会轻轻地抖动一下。

“因为妈妈还要忙魔女的工作呀。”

纪惠顺势补充道。

米娜以为纪惠在袒护莫蒂，于是小声说：

“小纪很爱自己的妈妈啊。”

纪惠觉得自己必须得认可米娜的说法，但她根本不想。二丑轻轻晃动着脑袋，像是在说“快点头啊”。纪惠吃苦药般勉勉强强点了点头。

看到纪惠痛苦的表情，莫蒂“哈哈哈”地大笑起来。

“有、有什么好笑的。”

“觉得好笑还不能笑了？”

“你知道我点头的时候心里多么难受吗？”

“多么难受啊？说出来听听。”

莫蒂扭扭下巴，催促纪惠快点说。纪惠仇视地瞪着莫蒂。

“真羡慕你们啊。”

萨达特看着纪惠和莫蒂，又看看站在那里发呆的自己的妈妈，说道。

“羡慕我们？”

莫蒂有点摸不着头脑。

“虽然莫蒂什么家务都不做，但至少会跟小纪吵吵嘴什么的。我们可以接受妈妈热衷于魔女修炼其他什么都不做，也可以不用为我们做早饭，但是，还是希望妈妈能该笑笑、该生气生气，希望她能多看我们一眼，是吧，米娜？”

萨达特这样说道。但米娜并没有点头，她全身像是在呐喊着：我不喜欢这样的妈妈！我不想要这样的妈妈！

“哼——这孩子真够倔的！”

莫蒂看了看米娜笑着说。纪惠还是第一次看到她这样笑，莫蒂似乎很喜欢米娜，但好像不太喜欢自己，纪惠不由得低下了头。

二丑看到纪惠和米娜都低着头不说话，于是换了个话题说：

“两位妈妈可能年龄不太一样，但毕竟都是妈妈，而且，纪惠妈妈还是米娜妈妈崇拜的魔女。我觉得米克拉说得对，你们两个做个朋友吧。关于魔女的事情，不懂的你可以问莫蒂。”

二丑认真地看着莫蒂和翠伊。

莫蒂听到二丑这样说，冷笑一声说：

“是啊。既然你极力推荐，那我们就交个朋友吧。但跟我一起玩，要是突发心脏病丢了小命，你可别怪我。不过，反正你也是一个遭人嫌弃的母亲。”

纪惠和二丑连忙上前制止，但莫蒂已经深吸一口气，举起双手，念起了咒语。

原本晴朗的天空突然间阴云密布，大雨如箭一般从天而降。云彩闪着紫色的光，闪电落到了海面上。雷声太大，纪惠和二丑连忙捂起了耳朵。

“你这身打扮也太土了！我选朋友都是看外表的。”

莫蒂用手一指，翠伊就像木偶一样滴溜溜地转了起来。莫

蒂自己也转了一圈，然后摘下斗篷扔掉了。

眼前出现了两个中年女朋克——头发染成了金色、银色和紫色，直挺挺地立在头上，黑色的紧身上衣配着超短裤，外面是一件密密麻麻满是铆钉的皮夹克，腿上穿一双网格长筒袜加长筒皮靴，眼睛和嘴巴上涂满了黑色眼影和红黑色口红。

“要不带你飞一次吧，可惜我没带扫帚来。不过，就算有扫帚，这个大婶还是有可能会从上面掉下来的。要不就用椅子吧。”

莫蒂让翠伊反坐在椅子上，用手抓住椅背，自己也以同样的姿势坐在椅子上，吹了一下手哨。

屋子里所有的窗户和门哗啦一下全都打开了，风夹带着雨吹了进来，椅子、桌子、书，还有餐具都被卷了起来。

“出发！”

莫蒂大喊一声，翠伊的椅子就像突然间有了生命一样，从窗户飞了出去。

只听“哇哦”一声，莫蒂也紧随其后飞了出去。她回过头来问道：

“你们来吗？”

“我想去！”

米娜骑在扔在走廊里的椅子上喊道。

等回过神来，纪惠、二丑、米克拉，还有萨达特他们都已经骑着椅子，飞在下着倾盆大雨的大海上了。椅子时左时右地避开雷电，一会儿紧贴着汹涌的海面乘风破浪，一会儿又高高飞起甚至能看到牛角岛的全貌。

“哈哈哈哈！”

风雨中清晰地传来莫蒂愉快的笑声。

纪惠既害怕又高兴，嘴里不停地喊着，但她自己都不知道在喊些什么。伴随着大喊声，她感觉有什么东西从自己的身上掉了下去，有种既畅快又没着没落的奇妙的感觉。

二丑他们怎么样了？纪惠终于可以从容地环视四周了。这时，传来了米娜的喊声：

“妈妈！”

纪惠仔细一看，有一把没有坐人的空椅子在飞，四下却不见翠伊的身影。正当此时，她看到米娜跳进了大海。

“米娜！”

“妈妈！”

米克拉和萨达特大声喊着。

“莫蒂！”

纪惠和二丑也大声喊道。

“不要慌！萨达特和米克拉先生千万不要跳到大海里！”

二丑接着喊道。

“我早就说了，跟我玩是很危险的。”

“莫蒂！”

纪惠和二丑又开始大喊起来。

莫蒂无奈地耸了耸肩膀，将食指指向海面。波涛汹涌的大海中出现了一块如圆镜般的安静的地方。翠伊和米娜漂浮在水中，米娜的手里还紧紧地攥着翠伊的皮夹克的下襟。

“二丑和米克拉先生去救白猪，我和萨达特去救小家伙！”

莫蒂已经降到了海面上，二丑他们也急忙跟在莫蒂身后。

“我呢，我能做些什么？”

纪惠发觉只有自己没有得到任何指示。她刚问完，就听到莫蒂大声喊道：

“小纪，还愣在那里干什么？就算我没给你指令，你也应该去帮最需要帮助的那一方啊！”

莫蒂和萨达特捞起了米娜。

海浪又开始汹涌起来，二丑和米克拉正乘着风浪，努力去打捞翠伊。但因为还要用另一只手抓住椅背，所以怎么也救不上来。纪惠也落到海面上，浑身都湿透了。她用力抓住了翠伊的一只脚。由于纪惠的加入，他们终于把翠伊举出了海面。

大家都冻得直发抖，纷纷把米克拉拿出来的毯子裹在身上。因为救得及时，米娜和翠伊都没有灌进太多水。萨达特点上炉子，米克拉给大家端出热腾腾的酱汤和饭团子。屋子里挂满了晾晒的衣服。

“这真是穷到家了！家里没有烘干机吗？而且，这饭团子还是咸梅干的！”

莫蒂洗完澡，边吃着饭团子边抱怨道。

“米克拉先生没顾上换衣服就去给大家做饭团子了。”

二丑斥责道。可莫蒂只是轻蔑地哼了一声。

米克拉和萨达特望着米娜和翠伊，脸上露出轻松的笑容。

米娜躺在妈妈的怀里睡着了。翠伊因为刚才骑着椅子在暴风雨中飞来飞去，结果掉入大海中而受到了惊吓，正坐在椅子上发呆。她的手紧紧地抱着米娜。

“米娜累了，萨达特也累了。在你们的妈妈想通以前，还是找个人来帮我们处理家务吧。”

米克拉叹了口气，他觉得仅靠他们三个人已经没法把家里打理好了。

“我和米娜是那样地爱妈妈，妈妈一定会回心转意的吧。”

“嗯，一定会的。”

萨达特和米克拉小声说道。

“你们简直太天真了！你们以为你们爱她她就会回心转意吗？她说不定一辈子都在进行魔女修炼呢。”

莫蒂蔑视地说道。

“那我们也只能一直等下去。”

米克拉说着，和萨达特相互点了下头。

“你们在想什么呀？这样不就白忙活了吗？那样的话，小家伙或许还会让我给她介绍新妈妈呢。我是负责干这个的，而且那个魔法她已经见过一次了，下次她肯定会附加各种条件让你去相亲的。”

莫蒂不怀好意地冷笑着说。

“小纪，如果米娜再去找莫蒂阿姨让她为我们介绍新妈妈，能不能麻烦你跟莫蒂阿姨说说一定要拒绝她？虽然用魔法帮助别人是莫蒂阿姨的工作，但唯独不能答应米娜的请求啊。”

萨达特小声向纪惠恳请道。

“没事，你不用担心。”

纪惠摇摇头，她本来想接着说“因为莫蒂很懒”，但还是忍住了。

“你们的妈妈已经见到了真正的魔女，而且还是莫蒂！我想萨达特和米娜的妈妈肯定已经不想再变成魔女了吧。”

纪惠看着正在痛苦地往外吐咸梅干的莫蒂说道。

06

第六章

屋子里晾满了湿漉漉的衣服，而大家的头发也都是刚刚洗过的。

“到处都这么潮湿！”

莫蒂烦躁地站了起来。这时，厨房门口传来一个声音：

“米克拉先生在家吗？”

还没等米克拉应答，一个年轻男人便走了进来。金黄色的头发被雨淋湿了，紧贴在头上。

“啊，是阿鲁啊。”

米克拉回过头来说道。

“米克拉先生你们也淋雨了吗？真是下得好大呀！我觉得船都快要翻了！对了，下大雨的时候，海的上空有一群奇怪的东西在飞来飞去，还发出可怕的叫声，真是让人感到毛骨悚然哪。”

那个叫做阿鲁的人不由得打了个冷战。飞来飞去的奇怪的东西其实就是纪惠他们。纪惠和二丑轻轻地耸了耸肩膀。

“米克拉先生，你能借给我一件换洗的衣服吗？我的衣服都不在家里，我爸的又太小，穿不下！”

“好，没问题。啊，对了，阿鲁你应该也收到问候信了吧。这位就是魔女宅邸的主人莫蒂，这两位分别是她的先生二丑和女儿纪惠，这位是三角旅馆的老板阿鲁·特瑞安格尔。”

米克拉介绍完后，纪惠和二丑跟阿鲁打了个招呼，而莫蒂连看都没有看阿鲁一眼。

“太慢了，太慢了，这要等到什么时候才能干啊，干脆一下把它们弄干算了！”

说着，莫蒂缓缓吸了一口气，慢慢举起双手。

屋子里顿时刮起了热风。纪惠的头发犹如在吹吹风机一样竖了起来。四周晾晒的衣服上也冒出了水蒸气。一瞬间，所有人的头发和衣服都干了。

“好厉害啊！怪不得镇上都炸开锅了呢。大家都在纷纷议论，是真的有魔女住到岛上来了吗？她会用魔法吗？她会不会占卜呢？看来是真的！”

阿鲁激动地大声叫道。

莫蒂根本连看都没看他一眼，朝纪惠和二丑努努嘴说：

“喂，回家了！”

她没等纪惠和二丑换好衣服，也没有向米克拉表示感谢，便朝大门口走去。

纪惠防寒夹克刚穿进一只手，她正要让莫蒂等一等，突然，阿鲁冲到了莫蒂的面前。

“我有件事想请您帮忙。这件事困扰我很久了，您能帮帮我吗？”

“不能，让开，快让开！”

莫蒂用力推了阿鲁一把。

“求您了！这三年来，我在自己的家里根本睡不着，所以一直住在镇上朋友家。都住了三年了，觉得挺不好意思的，我自己也觉得很不自在。”

“那你应该去看医生，他会给你开一两片安眠药的。”

“可是我只要不在自己家里，就能睡得着，医生也没有办法。我的烦恼只能您帮我解决了。”

正当阿鲁坚持认为这是一件奇怪的事时，屋外传来了吵吵嚷嚷的声音。

“房子建在哪里了？”

“树林深处有一片空地。”

“我们去问问米克拉先生吧，说不定能找到些线索。”

“发生什么事了？我家的码头停了好多船。”

米克拉从窗户往下看了看，回过头来说。

“是住在镇上的人。他们是来看魔女——不，肯定是来问候您的。我今天本来就计划来这边，所以一大早就出门了，他们可能是等雨停了才来的吧。”

阿鲁点头说道。

“真讨厌！我可不想供他们观赏。”

莫蒂说完便向大门口跑去。

“可是你能逃到哪里去呢？打算待在家里不出去？别忘了还有狮子门卫呢。”

听纪惠这样说，莫蒂停下了脚步。

“可恶！忘了还有它们了！它们肯定会一直喊到我从屋子里出来为止！”

莫蒂失望地耸耸肩。

“藏在我家吧。米克拉先生，你就跟大伙儿说莫蒂已经回到她的住处了。”

阿鲁从厨房门口跑了出去，钻进了田地旁边的灌木丛。

“镇上的人进入树林之前，你们最好藏在这里。如果他们

发现了去我家的路，那就完蛋了。”

纪惠他们也钻进了灌木丛，屏住了呼吸。阿鲁和莫蒂藏在里面，纪惠根本听不到他们的呼吸声。

“米克拉先生，听说这附近建了一座魔女宅邸，是真的吗？”

纪惠和二丑听到有人大喊，连忙缩了缩脖子。

“哎呀呀，藏在灌木丛里，结果也太突然了[①]。”

二丑小声说道。他知道自己这个双关用的不好，不由得皱起了眉头。

“你在说双关语吗？是在马戏团里养成的习惯吧。”

“会说一点，但说得不好。说到底，我是一个不合格的小丑。”

“是啊，所以你才来这里的呀。我是一个失败的女儿，所以也来了这里。”

纪惠说着说着，好像想起了什么，更加失落了。

“你怎么了？”

二丑看着纪惠的脸。

---

①日语中“灌木丛”是“やぶ”，而“やぶからぼう”是惯用句，表示“突然”的意思。此处为二丑的双关幽默。

“刚才在米娜家，莫蒂不是用魔法找了很多女人来吗？当时我提出的条件是，要找一个能马上做米娜的妈妈，但不会让其他任何人伤心的人。我突然想到自己就是这样的人。现在我突然成了莫蒂的女儿，也不会有人因此而感到失落。”

当时在米娜家的食堂里，莫蒂叫来了很多女人。对家人来说她们都是可有可无的，都是被家人所遗弃的。

我和她们是一样的——纪惠的内心被这种失落感击得粉碎。

“不会的。小纪是佩罗用魔法叫到这里来的，也就是说，你是签了合同才来到这里的。而且，小纪离开家，你的妈妈一定会很伤心的，肯定在拼命地找你。你是想回家了吧。你跟佩罗说一声，就能回去的。”

二丑正说着，只听阿鲁喊了一声：

“镇上来的人进了树林了，我们趁现在跑出去。”

接着传来用手拨开灌木丛的声音。

二丑没有跟纪惠打招呼，就自顾自起身走了。

纪惠不知道自己该怎么办。她有些想家了，但是又觉得现在回去的话，家里已经没有自己的容身之处。虽然只是一晚上没回去，却感觉好像已经过了好多天。而且二丑也没有挽留自己，实在是太冷漠了。莫蒂暂且不说，她觉得自己跟二丑相处得还算融洽，不过现在想来，自己连他叫什么都不知道。

已经听不到手拨灌木丛的声音了，莫蒂他们好像已经走出去了。这时，只听“扑通”一声，接着传来一声“哎呦”的叫声。

“小纪，二丑摔倒了！”

莫蒂喊道。

不称职的妈妈，爱把事情搞砸的爸爸，古怪的房子，搞不清是日本还是外国的小岛。但是，在这里，纪惠好像找到了自己的容身之地，现在她拥有的，只有这里。

纪惠跑起来，她要去救二丑。

07

第七章

三角旅馆位于海岬的尖端处。

“砰砰，砰砰砰！”

阿鲁用力敲着旅馆的大门，可是门一直不开。

纪惠一边焦急地望着树林那边，一边小声说：

“快看，魔女宅邸前面聚集了很多人。”

“是阿鲁吗？”

门终于打开了，开门的是一位白发老爷爷，莫蒂他们推开老爷爷一拥而入。

“怎、怎么回事？阿鲁，这些家伙是谁？”

老爷爷手中挥舞着拐杖喊道。

“这位是我的父亲贾德·特瑞安格尔。爸爸，您应该也收到问候信了吧，这位就是住在树林对面魔女宅邸的莫蒂，这位是二五，这是他们的女儿小纪。”

阿鲁介绍道。可是，贾德却挥着拐杖说：

“啊，啊啊，什么问候信啊。你们要是来告诉我你们搬到附近来了，那就请回吧。阿鲁你也走吧。”

“我不是担心您一个人上了年纪了吗？另外还想让您把莫蒂一家藏起来。”

阿鲁轻巧地避开了父亲的拐杖。

“藏起来？”

“是啊。镇上来了很多人，都到莫蒂家里去了，莫蒂很为难。在那些人离开之前，暂且让他们一家三口住在这里吧。反正房间也空着。另外，说不定她可以帮我看看为什么我在这里会睡不着呢。”

“大家先坐吧！”

阿鲁让大家坐到大厅的沙发上，大厅里还保持着营业时的样子。

“哇——太棒了！太舒服了！”

纪惠欢呼道。那是一个三角形的房间，两侧都是大大的落地窗，简直就像站在大海和天空之间。

“真的好舒服啊。旅馆为什么关掉了呢？不过，这样一来

就像被我们全包下来了一样，感觉真不错！”

二丑也四处看了看。只有莫蒂打着哈欠说：

“你能不能先带我去房间？我昨晚睡了睡袋，今天又在那个小家伙家里用了魔法，累了。”

“客房在二层和三层。可能已经落了一层灰尘了，房间您随便挑。”

阿鲁用手指着说道。贾德却拿拐杖狠狠地敲了敲他的胳膊说：

“谁同意他们住在这里了？快让他们回去！”

说着，便用拐杖指了指大门口。

“太小气了吧。俗话说，‘远亲不如近邻’。我在魔女学校的‘人类的生活’那门课上学过，邻里之间难道不应该互相帮助吗？我已经精疲力尽了。这里过去是旅馆吧？应该有很多房间的吧？让我们在这里休息一下又有何不可呢？”

莫蒂说道。但是，贾德的拐杖依然指向大门口的方向。

“哼，有什么了不起的。看我不用魔法把这个破旅馆给拆了。”

只见莫蒂眉毛倒立，举起双手。

“莫蒂！”

不好——纪惠和二丑还没有来得及阻止莫蒂，楼上快速窜下三条床单，犹如三条巨蟒，将莫蒂层层围住。

“哇咔咔！”

只听莫蒂大喊一声，瞬间已经变成了白色蠋虫，“咣当”一声倒在地板上。

“莫蒂！”

纪惠和二丑正要跑过去救她，却不知被什么东西撞飞了出去。

阿鲁惊讶地看着一屁股摔在地上的纪惠和二丑，说：

“爸爸，家里住着什么东西吧。我一直觉得很奇怪，每次住在这里，明明没有地震，却总会从床上摔下来，上锁的窗户也无缘无故地自己开了，明明没有风，却吧嗒吧嗒地乱响。好不容易迷迷糊糊睡着了，明明没有下雨，天花板上却不停地往下滴水。但爸爸好像一点事都没有，总能睡得那么香。家里到底有什么啊？”

说着，便环视了一下大厅。

纪惠和二丑也和阿鲁一起慢慢地移动着视线，像是在找寻

是什么把他俩撞飞了。躺在地上的蠋虫一边扭动着身子，一边发出“吭、吭”的声音。在纪惠听来，这个声音好像是在喊“小纪，小纪”。

“那个，可以把莫蒂的……我妈妈身上的床单解下来吗？”

“请放了她吧，我们一定让她老老实实的，现在这个样子也太可怜了。”

纪惠和二丑向贾德恳求道。

“她不是魔女吗？放了她，万一她把这里给拆了……”

贾德不放心地摇摇头。

“我们绝不会允许她那样做的。”

纪惠向贾德保证道。但在内心里，她想自己是不是说得太绝对了。

贾德什么都没说，于是纪惠和二丑小心翼翼地靠近蠋虫，这次，没有人再阻止他们。

解掉床单，莫蒂“呼——”地长舒了一口气，踉踉跄跄地一屁股坐在沙发上。

“屋子里肯定有什么东西，虽然看不到它们，但的的确确是存在的，而且还不止一个，应该有两个——不，好像有三个。”

莫蒂压低声音说道。

“小纪，有没有什么喝的？香槟肯定指望不上了，水，水也行，快给我弄点水喝。”

莫蒂躺在沙发上，有气无力地摆着手。

纪惠四处打量着想看看水在哪里，结果楼下传来了水流声。接着，一只装满水的玻璃杯晃晃悠悠地飘了上来。

“除了我之外，应该不会还有其他人会魔法了吧。”

玻璃杯飘到了莫蒂跟前。

莫蒂从沙发上站起来，把玻璃杯里的水喝光了。

纪惠、二丑，还有阿鲁都在四下寻找到底是谁端来了玻璃杯。

“爸爸，爸爸你肯定是知道的，到底是什么东西住在咱们家里，快点告诉我！”

听到阿鲁这样说，贾德也决定不再隐瞒，于是点了点头。

“确实有东西住在家里，这我是知道的。但具体是什么我也不清楚。”

“不清楚？！”

阿鲁、纪惠和二丑同时喊道。

“是的。我知道它们住在这里，细心地照顾着我，帮我打扫房间，帮我搬运重东西，虽然我上了年纪自己一个人生活，但一点都没有觉得不方便，但它们好像不太喜欢阿鲁。”

说完，贾德坐在了椅子上，脸上露出一副很畅快的神情。

“那些隐身的东西讨厌我？怎么会有这种事情？爸爸，你和它们生活在一起，不觉得害怕吗？”

“一点也不，反而过得很快活。虽然不知道它们到底是谁，但它们现在就像我的家人一样。”

贾德脸上终于露出了笑容。他笑起来还是非常和蔼可亲的，怎么看都像是一个旅馆的老板。

“你在说些什么？爸爸，我才是你的家人。”

“我的家人是它们，而不是想要卖掉旅馆的你。”

“那你也不能把这些令人毛骨悚然的、不知本来面目的东西当作自己的家人啊。爸爸，你是不是老糊涂了？”

阿鲁话音刚落，只听“啪”的一声，他的右脸红了起来。好像是被那些看不见的什么东西扇了一个耳光。

“嘿，它还是个左撇子。”

莫蒂挑着一侧眉毛说道。

“别说这些风凉话了，莫蒂，你得帮帮他们。”

“就是啊，也好让贾德和阿鲁知道事情的真相。”

二丑也向莫蒂恳求道。

贾德探出身子，好像也想知道它们究竟是谁。

“我才不呢，跟我有什么关系呢？小纪，你不会又想拿出那个臭老太婆的信来吓唬我吧。”

莫蒂生怕纪惠再次拿出校长的信，于是抢先说道。

“但这是你的工作呀。”

纪惠虽然嘴上这样说，但其实心里也特别想知道个究竟。

“我记得跟你说过了，工作的方式和内容由魔女自行决定。”

“嗯，好像说过。不好意思，打扰了。亲爱的，小纪，咱们就此告辞吧。”

二丑朝大门口走去。他回过头，看到莫蒂坐在那里一动不动，接着说：

“亲爱的，走吧。贾德刚才就一直不太欢迎我们。”

“我们能回哪里去呀，屋子前面围满了人。”

莫蒂摇摇头，觉得不可行。

“是呀，他们肯定都在严阵以待，等着莫蒂用魔法帮他们解决难题呢。”

纪惠开始有点明白二丑的策略了。

“那么多人，可得累坏了！我负责接待，要不给他们每人发一张号码牌吧。”

“啊，好主意！制作四五十张应该差不多就够了！”

纪惠和二丑你一句我一句地说着。

“好吧，好吧。我可不想又供人观赏，又得轻易地施展魔法。”

莫蒂猛地抖了一下身子。

“不就是这些家伙的真面目嘛。它们的确在这里——能搬运、会击打，就是不会说话——应该是没有嘴的东西。”

莫蒂咕咕哝哝地自言自语道。

“小纪，你有手工做的布娃娃吗？”

莫蒂看着纪惠问道。

“布娃娃？”

“女孩子一般都有七八个娃娃，小熊啦、兔子啦，什么都可以！”

“嗯，家里有。不过不是手工做的。”

“为什么呀？一个都没有吗？我在‘人类的生活’这门课上学过，妈妈都会用家里现成的布和毛线给孩子做布娃娃。你的妈妈从来没有给你做过布娃娃吗？她也是一个不合格的妈妈吗？”

莫蒂压低声音，生怕正相互怒视的阿鲁和贾德听到。

“我妈妈不擅长做这些。”

纪惠小声说道。

“手工做的布娃娃土里土气的，还是买的比较可爱。”

纪惠猛地抬起头来。

“噢？”

莫蒂诡异地看着纪惠说：

“那小纪你来做三个布娃娃吧。我需要人类手工做的布娃娃。”

“怎么做？”

“怎么做都行，只要能看出是布娃娃就可以。”

莫蒂环视四周，看看大厅里有什么能拿来做布娃娃。

纪惠则上下打量着刚才绑莫蒂的那三条床单。

看到纪惠做的布娃娃，莫蒂忍不住笑出声来：

“真是太难看了！”

就连二丑也用一只手捂着嘴偷偷笑起来。

“有那么难看吗？”

虽然大家都笑她，但纪惠一点都没有生气。

“小纪，你应该不光没做过布娃娃，就连扫晴娘也没有做

过吧？”

“我本来就是要做扫晴娘的……”

听到小纪这么说，二丑不禁赞叹道：“嗯，好！”

沙发上摆着三个大大的方脸仿扫晴娘，是用床单包着靠垫做成的。纪惠用签字笔在上面画上了鼻子和眼睛，由于过于逼真，反而让人觉得有点可怕。一个模仿莫蒂，涂着眼影，红红的嘴唇；另一个模仿二丑，一只眼睛是星星的形状；还有一个是自己，所以没有什么特点。眼睛不大也不细长，圆圆的鼻子，再普通不过的一张脸。

“那就将就着用吧。”

莫蒂笑到尽兴，猛然站了起来，深吸一口气，缓缓举起双手，念起咒语来。

签字笔画的眼睛开始眨起来，连睫毛都看得很清楚，嘴巴也开始一会儿圆一会儿瘪。

“嗯，嗯哼。”

布娃娃的嘴里开始发出声音。

“啊，啊——”

“啊，这是我的声音吗？”

“这是我的？”

布娃娃摇摇晃晃地站了起来。

床单下的布娃娃好像长了腿，但手和脚都被床单罩住了，它们呼啦呼啦地甩着床单做的袖子飘来飘去，犹如幽灵一般——

这些布娃娃会飞！

“差不多就行了，赶紧停止喧闹，自我介绍一下吧。”

莫蒂就像学校的老师那样“啪啪”地拍手说道。

布娃娃嗖地一下都回到了沙发上。

阿鲁和贾德惊讶地一齐咽了口唾沫。

最先开口的，是那个最普通最没有特点的布娃娃。

“魔女还是有用的，我是三角旅馆门口前面的那棵小苹果树。”从声音上无法辨别是女人还是孩子。然后它接着说，“阿鲁不喜欢我。”

“喂，你是那棵小苹果树吗？因为阿鲁把你砍倒了，我在床上整整躺了一个月。”

贾德高兴地说道。

苹果树用力点了点它的大头，像是在说“我知道”。

“那不是因为你已经不能结苹果了吗？”

阿鲁将视线从苹果树身上移开。

“那棵树是建这个旅馆的时候，我和你妈妈一起种的，它对于我来说很重要，承载了我的很多回忆。”

“就是因为你一直沉浸在回忆中，所以才离不开这里的吧。”

“我本来就不想离开这里！”

贾德和阿鲁又开始相互怒目而视。

“哼，原来你是想把老板从这里赶出去，才把我当成废车来对待的呀。你穿开裆裤的时候，我还当过你的摇篮呢，你整天在我身上撒尿，经常把果汁弄洒不说，到处都是饼干和巧克力碎渣。我整天都得被迫去听那难听的摇滚乐，你考了驾照之后，我的身上便到处都是划痕，最后终于撞到了墙上。你完全不认为是自己驾驶技术不行，而是把所有的责任都归因于我的刹车失灵。你要是修理一下，我还是可以继续上路的，可是你立刻把我当成废车处理掉了——你的这个举动实在是太无情了！”

五角星眼睛的布娃娃晃晃悠悠地从沙发上站起来，在阿鲁的面前滔滔不绝地说道。

阿鲁转过身子，想尽量离布娃娃远一些。这时贾德说：

“是老七吗？真的是老七啊！真的是我的爱车啊！你虽然有些上了年纪，却一直陪着我。直到五年前，这个家伙跟我说，爸爸你已经老了最好不要再开车了，于是就把你据为己有了。”

说完，便一把将老七拥在怀里。

“它动不动就熄火，我是担心你。”

阿鲁的声音很小，在纪惠听来他像是在找借口。

“那我呢？”

最后一个布娃娃发话了。她的声音很尖，清脆而干净，是那个长得像莫蒂的红唇娃娃。

“你又怎么了？真是的！”

阿鲁赌气似的说.

“你为什么要把我扔到大海里去？我既非不能结果实了，也不可能引起事故，你为什么要这样做？”

这是一个温和的女人的声音，但语气很强硬。

这个布娃娃用床单做的胳膊缠住阿鲁的脖子，并紧紧勒住。

纪惠和二丑看了看对方，互相点了点头，像是在说，刚才扇耳光的就是这个家伙吧。

“这就是那个左撇子吧。”

莫蒂好像也这样想。

“你让他回答，可是你还勒着他的脖子呢，让他怎么说话呀。”

莫蒂猛地把床单扯了下来。

“我又不知道你是谁，怎么回答你啊？”

阿鲁摸着脖子低声说道。

“听到我如此美妙的声音，你还不知道我是谁吗？我是这个旅馆的……”

“我知道。”

贾德点头说道。

“这是三角旅馆赫赫有名的三角铁，是旅馆的象征。”

“我就知道老板会记得我。是的，我就是通知客人吃早中晚饭的三角铁。”

贾德和三角铁娃娃拥抱在一起，大声哭了起来。

哭了一会儿，贾德突然抬起头，

“你刚才说什么？有人把你扔到大海里去了？”

“是啊。”

“是阿鲁吧。”

贾德和布娃娃看着阿鲁。

“怪不得大家都讨厌他呢。”

纪惠和二丑相互使了个眼色。

“我想如果没有了三角铁，爸爸也许会同意关掉旅馆。妈妈去世后，爸爸一个人经营这家旅馆太辛苦，我是担心你吃不消。”

“你……你还擅自辞退了旅馆的厨师和服务员。我不需要你担心。你只不过是想把这个旅馆卖了，好离开这个岛吧。”

“你说对了。这种岛，谁不想离开？爸爸你也和我一起搬到陆地上的镇上去吧。那里人多，我也好放心。”

“哼！你不过是看上了卖旅馆的钱了吧。我一个人可以生活，你有本事自己赚钱去！你要在岛上磨蹭多少年？连份像样的工作都没有！”

“我想在陆地的镇上干一番事业，但苦于没有资金。”

“你别指望把我的旅馆卖了。这是我和你妈妈白手起家经营起来的，你也要靠自己的努力去生活。我要留在这里，这里是你永远的家。我能为你做的只有这些。如果失败了，你可以随时回来。只要想到还有一个家在等着你，就没什么干不成的事情。”

贾德的语调变得慈祥。

“老爷子赢了！”

莫蒂抓住贾德的右手，高高举了起来。

贾德微微低下头，向莫蒂表示感谢。阿鲁张开嘴刚要再说点什么，听到了三角铁尖尖的声音：

“我们再把旅馆开起来吧，我负责做菜。而且，魔女还给我画了嘴，我也会说话。”

“我来做男服务员。”

“我来做女服务员。”

另外两个布娃娃说道。

于是，阿鲁什么都没能说出口。三个布娃娃决定就维持现在的装束。

“太好了，这次旅馆的名字干脆改成‘布娃娃旅馆’

好啦！”

二丑这样说道。阿鲁狠狠地瞪了他一眼。

“爸爸，你和它们一起开旅馆？别开玩笑了！”

“这不挺好的吗？客人们都想过得舒服一点，它们三个又机灵，对旅馆的工作又很熟悉。”

“爸爸，快别这样！”

阿鲁大声喊了起来。

“我去看看还有多少床单和餐具。”

说着，小苹果树晃晃悠悠地飘了出去。

“唉呀，虽然知道了这些家伙的真面目，可这也太吵了，根本没法睡午觉啊。”

莫蒂叹了一口气。老七听到了，摇摇晃晃地来到莫蒂面前对她说：

“如果方便的话，我介绍我的朋友给你们认识吧。”

“朋友？你的？”

“是的，他那里很安静，最适合午休了。”

说完，老七便朝通往地下室的楼梯走去。纪惠他们跟在后面。

“阿鲁还在争吵呢，没事吧？”

“没事，反正都已经决定旅馆要重新营业了。正如莫蒂所说，这场争吵是我们老板赢了。相信阿鲁也明白这一点。只要旅馆开始营业，阿鲁就会回到这里做服务员，他也没有什么其他的本事。老板对此再清楚不过了。”

听到阿鲁还在大喊大叫，老七耸了耸肩膀。看到老七的肩膀，纪惠心想：下次一定好好给它做一身衣服。

“那如果阿鲁不回来怎么办呢？”

二丑边下楼梯边问道。

“如果不回来也没关系，说明他已经自立了。”

“老七对贾德很了解啊。”

听到二丑这样说，老七高兴地回答：

“因为我们是一家人。”

房间虽然看上去像是在地下，其实是建在悬崖中间突出的岩石上。出了房间便是大海。

“这里是餐厅和厨房，我的朋友马上就要来了。”

老七打开门，领着纪惠三人来到了旅馆的大码头。

08

第八章

时间一到，一艘船马上从岛的后面驶了过来。

“这种船不能叫做游艇吧？”

纪惠抬起头，望着耸立在面前的写着“海王星”号的大船。

“哎，我们来了！”

二丑大声喊道。

“船长，乃立船长，我想请你帮个忙！”

老七也高声喊道。

“海王星”号的甲板上，一个戴着白色船长帽、皮肤晒得黝黑的人探出头来。

“怎……怎么回事？”

那个人看到喊自己的是布娃娃的幽灵，于是从栏杆探出身来。

“是我，乃立船长。我是老七。”

老七挺起胸膛说。

“老七？啊，是不是三角铁爷爷以前成天开着到处走的老七啊？”

“对，是我。我想乃立船长您也收到问候信了吧，这位就是魔女宅邸的莫蒂，这是她的丈夫二丑和女儿小纪。这位是‘海王星’号的乃立船长。”

“啊，问候信啊，我太忙了也没仔细看。你们好！”

乃立船长和纪惠他们互相点头致意，然后马上皱起眉头说：“老七，真的是你吗？你怎么这身打扮？这和你从前的样子简直没法比！你以前那银色、优雅的车身多酷啊！”

听到船长说“怎么这身打扮”，感到不好意思的不是老七，而是纪惠。即便乃立船长不说，纪惠也知道老七它们很难看，她暗暗责怪自己为什么不能再灵巧些。

二丑本来想替纪惠分辩两句，但还没等他开口，莫蒂已经大声喊起来：

“你要是嫌难看，那就变回床单好了！”

莫蒂气势汹汹地瞪着老七。

“不，我们都很知足。”

老七不停地点着它那并不美观的头。

“乃立船长，能不能让莫蒂他们一家人上‘海王星’号啊？镇上的人不请自来，搞得他们有家不能回。原本可以临时住在我们旅馆，但现在父子俩正吵得热火朝天。”

说着，回头望了望旅馆。窗户里传来贾德和阿鲁大声争吵的声音。

“上是可以上，不过我今天很忙。”

“很忙？啊，这么说来，就是今天吧。”

老七一副谙于世故的样子点着头说道。

“嗯，是今天。”

乃立小声说着，转过身去回头望了望。身后，大海和牛角岛的另一角笼罩在薄雾中。

“对了，乃立船长，何不让莫蒂帮帮你呢？”

老七看看乃立，又看看莫蒂。

“你不要自作主张了。我要休息，暂时不会再用魔法了。”

莫蒂厌烦地垂下了肩膀。乃立也毫不示弱：

“你在说什么梦话呀！魔女能帮上什么忙？拿着个水晶球看了半天告诉我说里面有白色的东西？”

说完便笑了起来。

“莫蒂才不是那种招摇撞骗的算命先生呢。”

“就是，我们家莫蒂真的会使用魔法，她是一个了不起的货真价实的魔女！”

纪惠和二丑极力摇头。莫蒂只是提不起精神，被误认为是招摇撞骗实在可怜。

“想不到魔女的家庭这么和睦啊。”

乃立点着头，对纪惠和二丑的举动表示赞许。

听到别人夸赞他们关系融洽，纪惠、二丑，还有莫蒂突然不自在起来。他们尽量互相不看对方，反而有点不知如何是好。

莫蒂第一个从这种不自在中解脱出来。

“他们是我的家人，我们自然关系很好。”

说完，便得意地“哈哈哈”大笑起来。看到莫蒂的举动，纪惠和二丑有些无语了。

“是啊，我觉得他们一家人可令人羡慕了。所以，我才建议让莫蒂从一个母亲的角度来帮帮你。”

老七崇拜地看着莫蒂。

“母、亲。”

纪惠和二丑同时重复道。只有莫蒂被表扬得忘乎所以，摆出一副了不起的样子。

“对呀，这倒是个办法。上来吧，快上船吧。原来魔女也可以是一个了不起的母亲啊！”

乃立一边点头赞成老七的提议，一边“嘎吱嘎吱”地把折叠梯放了下来。

莫蒂毫不犹豫地就要上去。

“母亲？而且还是一个了不起的母亲？”

纪惠和二丑拽住了莫蒂的斗篷。

“到时候随机应变不就行了吗？然后就可以在甲板上吹着海风，悠闲地睡午觉了。”

说完，便将斗篷从两人手中挣开，开始往梯子上爬。

三个人爬上甲板，第一次见到乃立船长的真面目，都有点不敢相信自己的眼睛。

“改成自动驾驶吧。再见了，老七！你这身打扮，看惯了也不觉得那么难看了。”

乃立朝老七挥挥手，快速走进操作室。她的胸部是隆起的。

“乃立船长是个女的！”

“是啊！吓了我一跳。没想到竟然是个女船长。”

纪惠和二丑瞪大眼睛相互示意，而莫蒂却伸长鼻子“哼哼”地嗅着什么。

“一股什么味道？”

“你能闻出她是女的？”

“不是。是不是有什么东西烤焦了？而且还是甜东西。”

莫蒂话音刚落，乃立船长从驾驶室里走了出来，说了一句“糟了”，便跑了起来。纪惠他们正好也不知道该待在哪里，索性跟着乃立船长过去看看。

乃立直奔厨房而去。到了厨房，纪惠也闻到了一股糊味。

“魔女鼻子真灵啊。”

二丑似乎也闻到了东西烧焦的味道，于是这样说道。

只见乃立从烤箱里拿出已经乌黑的蛋糕，蛋糕还时不时地发出“啾啾”的声音，仔细一看，原来是乃立哭了。乃立的眼泪滴在烤焦了的蛋糕上，不时地发出声响。

三个人都非常震惊，比刚才知道乃立是女船长时还要吃惊。

这位乃立船长怎么会因为烤焦了一个蛋糕就哭了呢？而且，更让他们觉得不可思议的是，一个船长竟然在烤蛋糕。

乃立一把将焦黑的蛋糕扔在地板上，泪珠扑簌簌地落了下来。

“莫蒂，请告诉我，怎样才能成为一个好母亲啊！”

说着，便紧紧地抱住了莫蒂。

“好紧啊！我快喘不过气了，快松开我！小纪，二丑，快过来帮帮我！”

莫蒂一边努力挣脱乃立，一边向纪惠他们求救。

“你不是说到时候随机应变吗？”

“亲爱的，你的确这么说过。”

两人决定不去理她。

“两个薄情寡义的家伙！还令人羡慕的一家呢。”

莫蒂似乎不再指望纪惠和二丑来救自己，

“你先松开手。为什么你会如此在意自己是不是一个好妈妈呢？真想不通。”

莫蒂问乃立。乃立犹如沾在莫蒂身上的肥皂泡一般，瘫软地坐在了地板上。

“我想和儿子一起生活。”

乃立小声说道。

“啊，原来是这样啊，你有孩子啊。”

“有一个儿子，他住在这个岛上，和我的母亲生活在一起。我家世世代代都是海盗，我和丈夫还有我的父亲都一直生活在海上。但是，五年前，丈夫和父亲去世了，后来我也洗手不干了，所以现在过着和正常人一样的生活。平时出海打鱼靠卖鱼为生，如果有游客也会把船作为观光船。对于目前的生活状态，我还是比较满意的。虽说满意，但因为丈夫和父亲离世，追随者也纷纷离开船，只剩下我孤零零的一个人。没有家人的陪伴，难免会让人觉得孤单，所以我才会产生想要跟儿子一起生活的想法。”

“咦，也就是说，你做了海盗，但你的母亲并没有？”

莫蒂觉得很不可思议。

“是的。我母亲是这个岛上一个贵族的女儿。父亲不知道是怎么想的，偏要和那个假正经的女人结婚。她说她从年轻时候就不习惯海上的生活，所以就在岛上的新月宅邸里，跷着小拇指，品着茶。”

“也就是说，你的儿子一直和你的母亲一起生活？”

“嗯，她毕竟是自己人，把一个还在吃奶的孩子放在那里也放心。不过，我儿子现在已经十四岁了。”

“是从小就寄养在外婆那里吗？”

在一旁袖手旁观的二丑问道。

“嗯，背着孩子怎么当海盗啊。”

“怎么可以这样呢？又不是小猫小狗。觉得累赘了就送走，觉得寂寞了再领回来，孩子应该也会不高兴的吧。”

纪惠忍不住说道。

“母亲也狠狠地批评了我，说我太自私。但她还说，如果儿子愿意跟我一起生活的话，我可以把他带走。”

“多么通情达理的外婆啊。”

二丑赞赏地点点头。

“她哪里通情达理了？那个臭老太婆每年只允许我在儿子生日那天回去一次。也就是今天。今年已经是第四年了。那个老太婆在我成为一个合格的母亲之前，好像不打算把儿子还给我。”

说着，乃立“咚”的一拳砸在焦黑的蛋糕上。

“啊，难不成这是你儿子的生日蛋糕？”

听到纪惠这样问，乃立看着她说：

“孩子还是喜欢会做蛋糕的妈妈吧。”

纪惠现在之所以会在这里，就是因为妈妈不记得自己的生日，如果妈妈肯为自己做蛋糕，她或许愿意永远帮妈妈去买东西。

纪惠点了点头。

“果然是这样——唉，真没意思！”

乃立开始用拳头胡乱地捣着蛋糕。

“啊，那个，这只是一个美好的愿望或者期待而已。我妈妈也不会做蛋糕。”

纪惠急忙去安慰情绪有些激动的乃立。

“那是因为你妈妈是魔女，根本不用自己做，只要轻轻一施魔法，就能变出来。”

听到乃立这么说，纪惠轻轻咂了咂嘴，她这才意识到，刚才说的是自己的亲妈妈。

“亲爱的，你何不快活地‘咚’地一下变出一个大蛋糕来呢？”

二丑“啪”地拍了一下手。

“你给她变一个出来吧。乃立船长为了儿子已经非常努力地在做蛋糕了，所以，即便是用魔法变出来的蛋糕，也充满了她对儿子的爱！”

纪惠也请求道。

但莫蒂却摇了摇头。

“为什么呀？乃立船长带蛋糕去，她的儿子一定会高兴的。”

“亲爱的，你是不是觉得必须是母亲亲手做的蛋糕才可以啊？”

纪惠和二丑一边问，心里一边觉得是莫蒂不舍得再施展魔法。纪惠心想，要不我再拿出校长的信来吓唬吓唬她？

这时，只听莫蒂低声说：

“我不是跟你们说过吗？我是千年留级生。”

刚开始，纪惠和二丑都不知道莫蒂要说什么。

“啊？那么高难度的魔法你都会，竟然变不出蛋糕？”

纪惠几近尖叫地喊道。

“干吗那么大声？一些基本的魔法我无论如何都学不会，

稍微复杂一点的反而没问题，而一些最简单的，比如变个蛋糕出来、变双鞋子出来，或者变块橡皮等等，这些我都不行。”

莫蒂沮丧地说，沮丧的样子一点都不像她的风格。

“我的好朋友由利也和你一样。她作文写得特别好，随便写一篇感想文，都能获奖。可是，说到日语里的五十音图，如果不从头数到尾的话，她都不能随口说出来！”

纪惠希望莫蒂能够永远充满自信地“哈哈”大笑。

“是呀，不只莫蒂你会这样。以前在马戏团的时候，那个表演空中飞人的演员可是我们戏班子的名角，但他却不敢坐公园里的秋千。据说是因为他觉得离地面太近了，害怕会碰到。”

二丑和纪惠相互点头示意。

“莫蒂，你的家人对你真好啊！”

乃立发自肺腑地说。垂头丧气的莫蒂抬起头，她已经完全从自己变不出蛋糕的打击中振作起来。正当她要得意地说“那当然，他们是我的家人嘛”时，乃立又说：

“不过我真看不出来你哪里像个好妈妈。”

“你、你这也太不礼貌了吧。你哪有资格说我？首先，就算我是魔女，但我们三个站在一起，大家一眼就能看出我是母亲。而你却更像是个父亲。你不如以一个父亲的身份去接孩子呢。”莫蒂噼里啪啦地大声说道。

“莫蒂，你说的有点过分了！”

“小纪，看样子要开始一场恶战了，说不定两个人还会扭打在一起呢！”

纪惠也在想，这两个人一旦吵起来，估计没人能劝阻得了，索性不如离得远远的。

“的确，不管是外表还是措辞，我简直就是个男人。对了，我都准备好了，你来帮我挑选一下吧。”

乃立没有生气，而是拉起莫蒂的手离开了厨房。

他们来到了“海王星”号的起居室。里面的家具都非常素净，没有一件是适合女人用的。房间里摞着一堆盒子，像是刚刚买来的，有装衣服的，有装鞋子的，还有装帽子和包的。

“我觉得要想被认可，首先得把自己打扮得像个女人才行，所以我顺便买了一些衣服回来，但完全不知道该怎么穿。你帮我参谋参谋。”

乃立把盒子一个个打开，逐个在身上比量着，问这件怎么样、那件怎么样。

莫蒂看到乃立拿着一件轻飘飘的花纹图案连衣裙认真地在身上比量着，吸了一口气，忍不住快要笑出来。

“小纪，这里先交给你了。亲爱的，亲爱的，跟我来，快点来！”

二丑强行把莫蒂拽到了屋外。

“二丑，你要干什么呀？”

“你不能笑，不然对乃立船长太不礼貌了。”

“可是你看她就像男扮女装似的，多奇怪啊！”

“一点都不奇怪。你不觉得很感人吗？她肯定非常清楚那些衣服并不适合自己，但还是努力想让自己更像一位母亲。再怎么说莫蒂你也是一个母亲，所以我觉得你不可以嘲笑她。我觉得现在的乃立船长更像一位真正的母亲。”

屋外传来二丑批评莫蒂的声音。

“莫蒂，你想笑就笑吧。我知道自己看上去很滑稽。”

乃立在屋里说道。

“你都这样说了，我还怎么笑得出来啊。”

受到二丑的训斥，莫蒂这次竟然没有反驳，而是回到了屋里。

“我觉得轻飘飘的衣服不适合你，你适合穿更合身一点的。”

莫蒂在衣服堆里一阵乱翻，拽出了一套浅驼色的西装。

看到换上西装的乃立，莫蒂说：

“就应该一点点地往女性化的路线上靠。”

“嗯。这身衣服很合身，而且与以前相比一眼就能看出是女人来。”

纪惠也松了一口气，她不想看到乃立船长穿着花纹图案的连衣裙。

不知不觉中，“海王星”号已经到达新月宅邸的所在地——牛角岛的另一端海岬。

09

第九章

大家在新月宅邸的码头下船。

“虽然每年都来，但还是会有些紧张。”

乃立船长看上去有点手足无措，一会儿拽拽新穿上的西装，一会儿换个姿势背着装有鱼的大保温箱。

“好香啊！”

莫蒂抬头望着通往新月宅邸的楼梯。

上面飘来一股烤肉的味道，还有孩子们吵嚷的声音和音乐声。

“派对规模好像很大啊，应该来了很多好朋友吧！”

纪惠也抬起头。

“才不是什么朋友呢。可恶的臭老太婆，今天我一定要把若姆找出来！”

乃立肩上背着大大的保温箱，一边爬石阶，一边握紧了拳头。

“乃立船长，你的儿子叫若姆啊。”

“你说今天一定要把若姆找出来，是什么意思？”

纪惠和莫蒂跟在乃立身后问道。

“到时候就知道了。”

乃立回答道。

石阶的尽头便是新月宅邸的院子。院子很大，是三角形的，若姆的生日派对已经开始了。五六个烧烤炉子正冒着烟，还有五六张摆满食物和饮料的桌子。孩子们围在烧烤炉和桌子的周围。

“简直就像男校一样啊。”

看到眼前的男孩子们整齐划一地都穿着晚礼服，二丑小声说道。

“你的儿子今年十四了，对吧？一个女孩子的朋友都没有吗？也太不受欢迎了。”

莫蒂又不留情面地说道。

“我怎么感觉他们长得都很像啊，你们不觉得吗？”

纪惠眯着眼睛说道。

“每年的生日派对，我母亲都会叫来五十个和若姆同岁，同样都是褐色头发、蓝色眼睛的男孩子。她是想难为我，看看我能不能从这五十个孩子里面认出哪个是若姆。”

乃立“扑通”一下把保温箱扔到地上。

“虽然表面看来长得很像，但你应该能辨认出哪个是自己的儿子吧？”

莫蒂看看乃立，又看看那五十个男孩子。

“如果能认出来，我还用来这里四年吗？我只在他还是个婴儿的时候见过他，这几年也只是在生日派对的时候能见到，现在我仍然不知道哪个是若姆。但是，作为母亲，不管有五十个还是一百个长得像的孩子，应该一眼就能认出哪个是自己的孩子的吧，母亲应该能做到这一点的吧。我是不是还是像我母亲说的那样，没有资格做若姆的母亲？”

乃立恳切地看着莫蒂。

还没等莫蒂开口，纪惠和二丑连忙摇头。

“这种情形，认不出来太正常了。”纪惠说道，“母亲应该能认出自己的孩子吧。长得像你，或者像你先生，仔细看应该能看出来的。”

莫蒂丝毫不顾乃立的感受，把她推到了前面。

这时，一位老婆婆走了过来，她的白发高高盘起、身上穿着乃立没能穿成的轻飘飘的连衣裙。乍一看感觉跟乃立完全不一样，但仔细一看长得还是挺像的。

“乃立，你来了？还不死心啊。”

老婆婆“哼”了一声。

“当然。”

“你瞧你说话的样子，若姆也不会喜欢你。今年已经是第四年了吧。看来不管你来多少次，都不知道哪个孩子是若姆啊。”

老婆婆嘴上涂着口红，微笑着说道。

“哎呦，这是你带来的客人？魔女和小丑？应该算不上是客人吧。啊，是来给生日派对助兴的吧——是不是算是送给若姆的生日礼物啊。我是这座宅子的主人新月夫人。”

老婆婆向二丑和纪惠点头致意。

“你说什么？助兴？”

莫蒂耸着肩膀喊道。

这时，二丑冲到莫蒂的前面，“是的，我们是乃立船长雇来的，希望您满意！”

二丑说着，“咕噜”一下来了个空中转体，并且故意搞砸了。

“哎呦呦，你竟然想用这种三流演员讨若姆开心……罢了，只要热闹就行了。”

新月夫人轻蔑地说，然后又看了看纪惠和莫蒂，像是在说你们会什么呀。莫蒂正要说话，纪惠拽了拽她的斗篷。

“那个……我们会算命，我是助手。”

听到纪惠这样说，新月夫人毫不怀疑地点了点头，她丝毫不认为莫蒂是真正的魔女。

“我还是第一次见到这么盛大的生日派对呢，您一定花了不少工夫吧！”

纪惠露出赞许的表情。

“是啊，我一大早就忙得团团转。若姆没有妈妈，所有的事情都必须我一个人来安排。”

说着，新月夫人故意看了看乃立。

“她肯定忙得没顾上看校长写来的信。”

纪惠小声对莫蒂说道。

“你什么意思？”

“那你不就可以用魔法帮乃立船长找出哪个是若姆了吗？”

“你在说些什么呀？哪里有这种魔法啊！”

“没有吗？”

莫蒂点头表示不可能有这样的魔法。

“哎呀，我也该去吃点东西了。在学校时，那个臭老太婆整天让我们吃梅干啦这些全是褶的东西，真吃腻了！若姆们，你们谁给我拿块猪排过来？庆祝生日竟然连一瓶香槟都没有，真小气！”

说着，莫蒂便钻进了正在吃烧烤的孩子们当中。

“你瞧，说话多么不上档次啊。不过你们是乃立带来的人，所以从一开始我就没指望你们懂礼貌。说什么那个臭老太婆，这位女士也这样称呼自己的母亲啊。”

新月夫人冷冷看了一眼乃立，她好像知道乃立背地里怎么叫自己。

新月夫人“啪啪”拍了拍手，跟孩子们说：

“若姆们，乃立船长今年又来了，而且还带来了为大家助兴的演员。”

新月夫人认准纪惠们就是乃立请来的演员。

那些被称为若姆的孩子们回过头来。看到乃立，有的说“呦”，有的说“你好”，有的只是轻轻点点头。然后，他们看到了二丑和正在另外一个烧烤炉前的莫蒂。

“小丑！”

“魔女！”

他们嘴里喊着，一齐朝两个人拥过来，他们对二丑和莫蒂的身份毫不怀疑，认为两个人就是新月夫人所说的前来助兴的演员。

“表演过会儿再说，先填饱肚子要紧！”

莫蒂一边啃着猪排，一边用一只手驱赶着围上前来的孩子们。二丑开始用叉子进行掷球表演。

只有纪惠和乃立始终没有办法融到大家里面去。

“新月夫人都喊他们为若姆，他们的名字也一样吗？”

五十个孩子有高有矮，有胖有瘦，有的戴着眼镜，有的长着雀斑，头发有长有短，有的英俊，也有不那么帅气的，仔细看来，孩子们各有特点。纪惠一边这样想着，一边问乃立。

“怎么可能，他们都是来打工的。今天一天，不管我威胁

他们也好，大声斥骂也好，哭哭啼啼也好，他们都要坚持说自己就是若姆。待遇应该还不错。去年的时候，我把其中一个孩子叫到一边，说我给你三倍的钱，你告诉我哪个才是真正的若姆，结果却没能问出来。他说我如果告诉了你，其他人会责怪我的——看来大家都很愿意接这个活儿。”

纪惠点了点头。只要乃立找不出谁是若姆，那么他们每年都会有钱赚，所以，另外四十九个孩子绝对不会告诉乃立谁才是真正的若姆。

“到底哪个才是若姆啊？我完全没有头绪，太丢人了！”

乃立眼睛里充满了泪水。

“或许你应该放弃。”

纪惠小声说道。

“为什么？”

“因为真正的若姆明明看到妈妈在哭，却一直无动于衷。”

“小纪，如果你是若姆，你愿意到我的身边来吗？你愿意跟我说话吗？”

“嗯。我会想，我的妈妈是个什么样的人呢？我会想要知道我的妈妈说话什么声音，她喜欢什么东西。并且，如果我不想跟她一起生活的话，我会明确地告诉她让她不要再来了，绝对不会连续四年试探乃立船长，这是在故意刁难你——若姆是个坏孩子！”

说完之后，纪惠才意识到乃立是若姆的妈妈，便皱起了眉头。

“刁难？是啊，原来是若姆故意刁难我啊。不过也没办法，谁让我一直都没怎么管他呢，就让他尽情地为难我吧。”

乃立用拳头擦了擦眼泪。

这时，一个孩子走了过来。

据说这些孩子都是十四岁，但他看上去却只比纪惠稍微大一点，晚礼服衬衫的领子又肥又大。跟其他孩子相比，他显得有些纤弱。

“乃立阿姨，那里面是鱼和贝吗？我们烤着吃吧。”

他用手指着乃立身边的保温箱说道。

“啊，好，烤着可好吃了！”

乃立终于露出了笑容。

纪惠一边和这个孩子烤着鱼和贝，一边小声问乃立：

“这个是不是就是若姆啊？”

“他不是若姆。我们家世世代代身体都很结实。你看，就连那个臭老太婆，即便现在上了年纪，个子也还是很高。既然是在新月宅邸长大的，暂且不说胖瘦如何，个头应该很高才对。”

乃立摇摇头。

“还有什么其他的特征吗？比如说身上有没有痣，或者指甲的形状奇怪等等。”

不管纪惠怎么问，乃立只顾低着头不说话。

不知什么时候，新月夫人已经来到了他们身边，她笑着说：

“这些事情你问她也是白问。在若姆十一岁以前，她连看都没来看过一次，现在竟然还好意思说自己是若姆的母亲。她一点都不了解若姆，也不知道该送什么生日礼物给他，今年也不例外吧。”

听到新月夫人这样说，乃立咬住了嘴唇。

“你第一次来这里的时候就让我很无语。你竟然送那样一把大刀给一个十一岁的孩子做生日礼物，即便那是他父亲的遗物。世界上有你这样的母亲吗？”

新月夫人盯着乃立说道。

“没有你，我和若姆照样生活。你还是死了这条心吧，明年不要再来了——你这样只会打扰若姆的生活！”

新月夫人直言不讳地说道。

“我不会放弃的，除非若姆亲口对我说。”

乃立摇着头说。

“啊，说不定若姆是顾忌外婆的感受才没有过来的吧。虽然他心里很想跟乃立船长一起生活，但却不好意思说出来。要不然，妈妈在这里他却不过来打个招呼，这实在讲不通。”

纪惠点着头，认为事情一定是这样的，但新月夫人却冷笑一声说：

“有其母必有其子，若姆才不会因为顾忌我的感受而放弃自己想做的事情呢。他是我一手带大的，我最了解他。他已经十四岁了，他知道自己想要什么，他不想当水手。或者，乃立，你愿意离开船到陆地上来，像一个普普通通的母亲那样，和若姆一起生活吗？”

乃立依旧咬着嘴唇。

“是啊，不要只考虑在海上生活，可以先从了解若姆开始啊。”

听到新月夫人对乃立的劝导，纪惠也表示赞成。

“不可能，我没法在陆地上生活。但我真的很想若姆，很想跟他一起生活。”

乃立就像一个耍赖的孩子。

“你父亲太惯着你了，你实在太任性了。我和若姆也很孤单。我的丈夫和我唯一的女儿丢下我不管，若姆一生下来就如同被抛弃一样。今天即使你不来，我和若姆也会愉快地度过，丝毫不会想你。即使没有你的消息，我们也毫不在意！”

新月夫人留下一句“你好好想想吧”，便又转身去忙派对的事情了。

新月夫人的一句“今天即使你不来，我们也不会想你”勾起了纪惠的伤心事——谁都不会想我。即使我离开了家，也没有人会伤心，即使我在这个小岛上成了魔女的女儿，也不会有人为此而感到伤心……想到这里，纪惠哭了。忽然，她想起在米克拉家时发生的事。

“站在这里的人，即使她们突然从生活中消失，也不会有人为此感到伤心。”

当时，莫蒂施展了这样的魔法。

“不对，新月夫人在撒谎。莫蒂今天用魔法叫来了很多女人，但里面没有乃立船长。”

纪惠高兴地拉起乃立的胳膊晃着说。

“什么意思？”

“乃立船长，今天早上，确切地说是七点半左右，你有没有突然和一群素不相识的女人到了一个不认识的地方？差不多五分钟左右吧。”

“当时我正潜入大海中抓鱼抓贝呢。”

“戴着潜水呼吸器？”

“嗯，还穿着脚蹼。”

“当时我没见到这样打扮的人，如果在场的话会非常显眼，这说明有人记挂着乃立船长——那个人如果不是新月夫人的话，说不定就是若姆。若姆肯定一直在想，今天妈妈会不会来呢。”

“会是这样吗？”

乃立没有自信地往孩子们那边张望。

纪惠看到莫蒂正在啃着猪排，满嘴都是油。难道就不能用魔法把若姆找出来吗？但莫蒂说没有这样的魔法。

“我去跟二丑商量一下。”

纪惠对乃立说。

二丑的叉子掷球表演博得了孩子们的掌声，他现在正满足地坐在长椅上休息。

听到纪惠的分析，他表扬说：

“有道理。小纪，你还挺细心的。”

“那是因为莫蒂的那个魔法深深地震撼到了我，我觉得自己也是一个就算离开家也不会有人因此而感到伤心的孩子，如果不是莫蒂在灌木丛里喊我，我真想就那样走掉了。”

“你可不能走掉。如果小纪走了，我和莫蒂都不知道该怎么活下去，而且一定会伤心落泪的。”

二丑摇摇头。

“真的吗？二丑会为我感到伤心吗？我觉得莫蒂肯定会说她求之不得呢！”

“怎么会？她肯定会很伤心的，不管你在哪里，她都会想尽办法用魔法找到你的。”

二丑自信满满地说。

“做莫蒂的女儿，可能也只有我能胜任吧。我也是因为无家可归，才能忍受得了她。”

纪惠半带讽刺地小声说道。听到纪惠这样说，二丑有些惊讶地看着她。

“没办法，莫蒂就是这种性格，是一个不称职的母亲。她一向爱憎分明，如果她不喜欢你，而又不得不把你当做自己的女儿，那她应该坚持不了一个小时的。我自认为莫蒂也并非那么讨厌我，我也喜欢固执、爱慕虚荣、性情乖僻、好强、爱得意忘形的莫蒂，我不想看到她无精打采的样子。小纪你也应该和我一样吧，如果只是因为别无去处，你也不可能一直跟着莫蒂受这份罪。”

听到二丑这样说，纪惠把视线转向了莫蒂。

莫蒂被孩子们团团围住，正四下张望。她看到纪惠正往这边看，于是马上打着手势喊道：

“小纪，小纪！”

“莫蒂在叫我们。”

二丑拉着纪惠的手走了过去。

二人走近时，莫蒂连忙离开孩子们并小声对纪惠说：

“他们一直吵着让我表演节目，别提多烦了。都怪你说我们是来助兴的，快帮我想想办法！冒牌魔女肯定会表演占卜吗？我们魔女占卜需要花一百年的时间，我怎么可能知道冒牌魔女怎样做呢？”

莫蒂眉毛倒立，用胳膊轻轻推了纪惠一下，好像还在为被视为三流演员而耿耿于怀。她好像很生气的样子，脸显得格外地红。

“噢，真正的魔女也占卜啊。我在狂欢节的时候见过，不过那都是骗人的。冒牌魔女手里拿着水晶球，说一个黑头发高个子的男士会向你求婚什么的，客人听到这些就会很高兴，因为这跟在占卜帐篷外等自己的男朋友一模一样。其实在占卜之前，冒牌魔女已经躲在帐篷后面看到和她一起来狂欢节的男朋友长的什么样了。”

二丑的叉子掷球赢得了孩子们的掌声，他不由得有些怀念以前的生活。

听到二丑这么说，纪惠忽然想到了一个可以找出若姆的办法。

“莫蒂，你能用魔法知道若姆最喜欢的东西吗？三年前，乃立船长把若姆父亲留下来的一把刀送给了他。我觉得若姆心里肯定很挂念母亲，只是他不肯说出口而已。或许他不愿意承认自己很在乎母亲，但应该会很珍视父亲留给他的刀吧。不知道他在父亲还活着的时候有没有想念自己的父亲。”

“小纪，你分析得有道理。父亲的刀，嗯，男孩子一定会当宝贝对待的。莫蒂，怎么样，能做到吗？”

“都不知道谁才是真正的若姆，怎么可能知道他最喜欢什么？”

“那就把这五十个孩子的宝贝都找出来。最喜欢刀的那个孩子肯定是若姆。”

“有道理。小纪，你真棒！”

二丑拍手称赞道。

“你假装给大家助兴，给他们露一手。”

“我才不呢，都快烦死了，从一大早就任人摆布！想想看看有没有什么别的办法？”

莫蒂摇头表示不同意。

正当二丑和纪惠你看我我看你不知该怎么办时——

“小丑已经给大家表演过了，下面我们请魔女来表演个节目吧。不过，也别指望能演出什么好节目。”

新月夫人说道。纪惠和二丑相视一笑。

“是啊。莫蒂魔法用得太多了，就用占卜凑合一下吧。即使说不中我们也不会在意的。反正是三流演员。”

“嗯，新月夫人也说没指望你演什么好节目。”

纪惠和二丑故意表现出大失所望的样子。

“臭老太婆，你看好了，可别吓得站不起来了。”

莫蒂用愤怒的目光瞪着新月夫人。

“小纪，让我来猜一猜这些孩子都喜欢什么吧。”

莫蒂终于松口了。

10

第十章

在莫蒂还没有改变主意之前，纪惠跳上长凳，大声喊道：

“下面，由魔女莫蒂来猜一猜大家都喜欢些什么。”

纪惠话音刚落，孩子们就一阵唏嘘：

“真的能猜中吗？”

“不用看水晶球吗？”

纪惠和二丑示意大家安静，但孩子们的声音却越来越大：

“能猜出我们喜欢什么，怎么可能！”

“都给我闭嘴！”

莫蒂一句话，孩子们便默不作声了。

莫蒂这次咒语念得格外有些装腔作势，以前都是在嘴里小声嘟囔，这次却大声喊着：

“黑暗中闪闪发光的蝾螈的眼珠，沉入沼泽的蛇的鳞，地狱中放着绿光的恶鬼的眼睛。”

只见她举起双手，一会儿不停地转动身体，一会儿又像叩拜一样跪倒在地上。

“莫蒂，太过了！”

纪惠感到很难为情，有点看不下去了。

咒语念完了，莫蒂终于从地上站了起来。孩子们嗤嗤地笑着，用胳膊肘你碰我我碰你，像是在说果然是唬人的。

“阿姨，你知道我们都喜欢什么了吗？”

其中一个孩子有点儿嘲讽地问道。听到他这样问，其他的孩子们都笑了起来。

莫蒂狠狠地瞪了这个孩子一眼。

“看好了啊，这是谁的宝贝呢？”

说着，便从斗篷里拿出一个银色的相框。

“哼哼，虽然有点胖乎乎的，不过还挺可爱的。”

莫蒂高高举起一张女孩子的照片。

“啊！”

人群里一声尖叫，但始终没有人走出来。

“哎呀，是不是我搞错了呀，毕竟我是个冒牌的魔女。看来这个相框谁都不喜欢啊。算了，那我就把它扔掉吧。不过你们可听好了，一旦我说丢掉，那这个相框可再也找不回来了。”

莫蒂耸耸肩膀，故意做出失望的样子，近乎威胁地说道。

“那是我的！”

声音有些紧张，一个孩子拨开人群走上前来。

“那张照片是我好不容易才要来的，如果她知道我把它弄丢了，肯定不会再理我了。”

他不好意思地挠了挠头。

莫蒂一个接一个地往外拿着宝贝。有书，有动画片主人公画像，也有孩提时候的玩具。最开始的时候，孩子们都看得目瞪口呆，慢慢地，莫蒂每拿出一件宝贝，他们都会高兴地鼓掌叫好。

“这次又是一张照片，看看这是谁的宝贝呢？”

莫蒂“嗨哟”一声，从斗篷里拽出一个大大的相框。

“啊，那是我的！什么时候到了你手里了？”

新月夫人脸色苍白地跑过来。

“咦？在场所有人的宝贝都被我搜集来了！是不是魔法用得太猛了？”

莫蒂伸了伸舌头。

“我虽然允许你们参加若姆的生日派对，但可没让你们私自进入我的房间。”

新月夫人使足了劲，把相框从莫蒂手中抢了回去。她以为莫蒂私自闯入了新月宅邸。

照片上，年轻的乃立抱着刚刚出生的宝宝，她的身边是比现在年轻许多的新月夫人和若姆的外公，还有一个健壮的男人，应该是乃立的丈夫。

“这是唯一一张能让我想起除了若姆我还有其他家人的照片，你怎么可以随随便便就拿出来？这种行为跟小偷有什么两样？”

新月夫人紧紧抱着相框，颤抖着说。

“你说什么？我是小偷？我什么时候进你的屋子了？孩子们，你们跟这位婆婆说说，我是不是一直都在这里啊。竟然说我是小偷，真让人生气。快向我道歉！”

莫蒂把脸一下子凑近新月夫人。

“嗯，她一直和我们在一起！”

“小丑和助手都没有靠近屋子。”

孩子们异口同声地说。这时，新月夫人和孩子们突然想到了什么似的一齐看着莫蒂。

“有没有听说岛的另一端搬来一位魔女？”

“听说了，听说了！”

“等今天的工作完成了，我也想去看一看。”

“难道她不是来助兴的演员，真的是魔女？”

人群中一片骚动。

“对，正是我，我就是住在魔女宅邸的莫蒂，他们是我的家人二丑和纪惠，请多关照！”

莫蒂单腿后伸，优雅地鞠了个躬，纪惠和二丑也学着她的样子行了个礼。

“哈，真的是魔女！乃立，你竟然把魔女带到我家来——啊，啊啊！”

新月夫人用手捂着胸口和相框，身体有些踉跄。屋子里马上有人出来把新月夫人抬了进去。

“不好了，不好了，乃立船长！”

纪惠看到乃立没有跟着进屋，于是拽着她的手说道。

乃立却耸了耸肩膀说：

“哼，每次只要状况对她不利，她都会做出这个样子来逃避。可能她实在不想向莫蒂道歉吧。过不了十分钟，她肯定会哈哈笑着回来的！”

“接着来，接着来！”

“是啊，我还是第一次见到真正的魔法呢！”

孩子们将莫蒂团团围住。

“看好了啊，这是谁的宝贝呢？”

莫蒂拿出一个贴着郁金香图案并且已经破破烂烂的绘本布袋。

“哎呀，那是我的！”

说着，纪惠便朝着布袋跑去。

“小纪，这是你的呀，也太惨不忍睹了吧。这……这算什么宝贝啊？”

莫蒂看着那个布袋，皱起了眉头。

“这是妈妈给我做的第一个布袋。妈妈工作很忙，但幼儿园要求我们带手工做的东西，于是妈妈花了一个多星期才做好的。我当时特别高兴，每次离家出走都会带上它。”

纪惠抱着布袋解释道。莫蒂不屑地“哼”了一声。

接下来，莫蒂从斗篷里拿出一把刀来，看上去个头儿很大，与其说是小刀，不如说是一把大刀。刀柄上镶嵌着珍珠和红宝石，很是漂亮。

“哈哈，小纪，你看好了，这才称得上是宝贝。”

莫蒂陶醉地看着这把刀。

“这……这是我的。”

一个微弱的声音传来，人群中走出一个孩子，正是刚才和乃立一起烤鱼和贝的那个。乃立的眼睛里充满了泪水。

“真的是你啊，你就是若姆啊。我一直以为不是你呢。看来，我果然是个不称职的妈妈啊。”

说着，乃立便把他抱在怀里。这才是那把刀的主人啊。

这个孩子吃惊地张开大嘴，连忙摇着头说：

“啊，我不是……那个……你弄错了……”

“若姆，你就是若姆吧？反正老太婆又不在，你就承认吧！”

“我真的不是若姆！真的不是！”

他反复说道。

“你就承认吧。这把刀是若姆父亲的遗物吧。是乃立船长三年前送给若姆的生日礼物，你把它当宝贝一样收着，所以你就是若姆。你肯定一直期待乃立船长今年也能来。莫蒂的魔法都告诉我们了。”

“但是，你们真的搞错了，我真的不是若姆！”

说着，他便挣脱乃立的双臂，往后退了两步。

乃立和纪惠只能眼巴巴地看着他，不知道他为什么就是不肯承认自己是若姆。

这时，莫蒂突然将纪惠抱到桌子上，朝着孩子们说：

"这是我的女儿，她叫小纪。"

纪惠不知道接下来要发生什么，心里扑通扑通直跳。她只知道在五十个孩子的注视下，自己的脸变得通红。

"就是这个满脸通红就像煮熟的章鱼一样的孩子。怎么样，你们觉得她可爱吗？"

"莫蒂，你在说什么呀！"

纪惠想从桌子上跳下来，却被莫蒂制止了。

"是的，这个样子一点都不可爱。"

莫蒂故意耸了耸肩。

"我觉得还行。"

一个孩子小声说道。听到他这样说，周围的其他孩子有的用胳膊肘捅捅他，有的朝他吹口哨。纪惠都快哭出来了。

"小伙子，眼光不错，谢谢你！我们家小纪的确很可爱。听到你这么说，我这个做父亲的感到非常高兴。"

二丑非常认真地向刚才这个孩子表示感谢。看到二丑不肯把自己从桌子上放下来，纪惠向二丑投去了怨恨的目光。

"第一次见她的时候，我一点都不觉得她可爱。看看这个身段，还有眼睛，哪里谈得上水灵，还以为她睡着了呢，还有那蒜头鼻子。我可是公认的美女——弹跳王莫蒂，在魔女界那可是典型的美女。我的女儿怎么可以长成这样？！”

莫蒂毫不掩饰地说着，“呃嗝”一下打了个嗝。

她站在那里晃来晃去，二丑拽住了她的胳膊。

“是不是喝醉了？她让我去屋里给她拿香槟，她喝了两三瓶呢。”

一个孩子说道。

“我说呢，怪不得脸这么红。”

二丑有些惊慌失措，但莫蒂却甩开他的手说：

“没事，我没事。”

纪惠已经听不见他们在说什么，她只想大声喊：我最讨厌莫蒂了！

“最后就是性格，她既爱多嘴又喜欢多管闲事，整天让我干这干那，这样做不可以，那样做也不行，真是烦透了。一开始我觉得也就能忍受一个小时吧，真的。但是，相处下来也就慢慢习惯了，跟她在一块儿也不觉得那么痛苦了。有时会觉得还是有点可爱的，不知不觉中竟对她产生了依赖，觉得有她在才安心，也不再感到那么不舒服了。父母和孩子之间其实就是这样，如果不一起生活，肯定是没有办法相互了解的。所以，即使是像乃立这样看不出性别的人，即便她抛弃了若姆，也先不要絮絮叨叨说这说那，姑且一起生活一下试试看。”

莫蒂“呃嗝”一下又打了个嗝，然后看着犹豫不前的若姆。

“小纪，辛苦你了！莫蒂也是想尽自己最大的努力来帮助乃立船长，只不过方法有点拙劣。我知道这对你来说很不公平，但如果不是喝醉了，她绝对不会这样说的。”

二丑忍着笑，把纪惠从桌子上抱了下来。

但纪惠还是非常生气，莫蒂凭什么让自己当众出丑，还说得那么难听？不过，另一方面，当她听到莫蒂说自己有点可爱，心里还是感到了一丝温暖。她觉得如果自己也承认愿意做莫蒂的女儿的话，那这丝温暖便会传遍全身。

“莫蒂，谢谢你！小纪，让你受委屈了！我终于下定决心要放弃了。若姆找到了，但我已经明显感觉到他并不想跟我一起生活。我心里畅快多了。若姆，这几年打扰到你了，你放心，明年我不会再来了，你也跟老太婆说一声。”

乃立将视线从低着头的若姆身上移开，然后拿起保温箱。

“那个……我真的不是若姆！”

若姆抬起头，用力地摇着头。

“没关系，什么都不用说了……”乃立转过身，挥挥手说了声，“再见了。”

这时，一个孩子冲到乃立的面前大声说：

“我才是妈妈要找的若姆！”

那个手里握着刀的若姆松了口气，剩下的四十八个孩子发出“啊——啊”的声音，像是在说：“最终还是承认了啊！”

“怎么回事？”

乃立回过头来，看看手里握着刀的若姆，再看看站在自己面前的若姆。

“我才是真的若姆。他是我的朋友塔克。”

站在乃立面前的若姆向大家介绍道。正如乃立设想的那样，他的个子很高，身体很结实。

“妈妈，对不起，虽然听起来有点没有良心，但我从来没有记挂过你。今天上午，看到外婆在院子里为我准备生日派对，我也只是想，又到我的生日了，今天妈妈会来，仅此而已。但这也不能全怪我，我和妈妈都十多年没见了，突然跟我说‘我是你的妈妈我们一起生活吧’，这让我感到为难，也不知道该如何是好。那把刀对我来说毫无意义可言，我原来把它放到壁橱里了，因为塔克每次来都要看一看，我觉得他肯定比我更爱惜它，于是就送给他了。”

若姆不好意思地低下了头。

“当然，小的时候我也曾特别想念你和爸爸，可当时你们都没来看过我，我觉得自己被抛弃了，也曾埋怨过你们，但现在我已经都忘了，真的。虽然已经不再埋怨你们，但也不会很想念妈妈。毕竟我对你一无所知。”

“所以我才让你试着和她生活在一起呀。”

莫蒂插了一句。

“将来我想成为一名钢琴家，我特别喜欢钢琴，从小就一直练习。一弹钢琴，我就会觉得无比幸福，除了钢琴我别无他念。我下个月就要离开这里去陆地上的音乐学校了。”

“若姆特别厉害，他十四岁就能考进那所学校，据说是学校有史以来年龄最小的。他肯定能成为一个非常有名的钢琴家。我最喜欢听他弹钢琴了，听着听着，一切烦恼都烟消云散了。”

塔克犹如说自己般努力地说道。

“看来老太婆说的没错，你果然是我的儿子。一旦找到了自己喜欢做的事情，就什么都不顾了，这一点和我一模一样，光想到这些我就已经心满意足了——加油！”

乃立高兴地搂住了若姆的肩膀。

“虽然新月夫人逞强，但果然还是放心不下你啊。”

说着，纪惠往屋里看了看。

“那个，我……”

塔克红着脸走上前来。

“或许新月夫人一直记挂着乃立船长，我今天也在期待能够与您再次见面呢。其实一个月以前我就去岛的另一侧看过‘海王星’号，如果您今天不来，我肯定会很担心的。”

塔克细声细气但很坚定地说道。

“你可真好事儿啊。”

莫蒂觉得很奇怪，纪惠、二丑和乃立也不解地看着塔克。

“我……我一直很向往海上的生活，即使当海盗也没关系。若姆把刀扔进壁橱的时候，我特别伤心。所以，他说要送给我的时候，我高兴得不得了！”

塔克从正对面看着乃立，接着说：

“乃立船长，请让我代替若姆跟你去船上吧。”

“你误会了，我是想和我的儿子生活在一起，不是招募船员。如果需要船员的话，我肯定会发传单的，我只是想和我的家人住在一起。”

“如果是这样的话，那就让我做您的儿子吧，您看行不行？”

“不知为什么，我总觉得和你比较投缘。但是，塔克，你也有爸爸妈妈对吧？你又不是没有家人。”

听到这个意外的请求，乃立很是震惊。

“我和家人相处得不太融洽。虽说是一家人，但也没有必要明明不喜欢却非要勉强生活在一起的道理，请让我做您的儿子吧！”

“不行！你明明有家，怎么可以这样？”

乃立摇摇头。

听到这里，纪惠有些冲动地朝乃立喊道：

“这太奇怪了。凭什么大人就可以为所欲为？孩子也有选择父母的权利。碰到合适的，就可以让他们做自己的父母。大人总是随随便便离婚，又随随便便带回一个新妈妈，然后跟孩子说‘从今天开始这个人就是你的新妈妈了，你们要好好相处噢’，为什么孩子就不可以选择父母呢？一家人的话，孩子也是其中的一员啊，太不公平了！”

“就是。魔女的女儿，你说的好！我一直也都这么认为。”

一个孩子挥舞着胳膊表示赞成。

“妈妈，我觉得魔女的女儿说的对。父母和孩子不必非得生活在一起，而即使没有血缘关系，如果能一起幸福地生活，那就是一家人。虽然塔克说听我弹钢琴就会忘掉不愉快的事情，但他的确过得很痛苦，他有权利从这种痛苦中解脱出来，最终，他选择了你。”

若姆把塔克推到乃立的面前。

“我的妈妈带着我，与现在的父亲结了婚，但我和他相处得并不融洽，他有时还会打我。如果妈妈肯站在我这一边，我也不会这么难受，可是妈妈却假装什么都不知道。这样下去，我觉得自己甚至会憎恨妈妈，如果没有我，他们可能会过得好一些。如果不能做您的儿子，那请让我当船员吧。”

“我说话粗鲁，又不会做蛋糕，即便这样你也愿意吗？”

“可是能钓到鱼和贝啊，还能开船。”

听到塔克这样说，乃立终于点了点头，

“那好。明天我去你家征求一下你父母的意见，但我总不能对他们说‘请把你们的儿子送给我’吧，所以就以招募船员的名义吧。不过，我们可以像家人那样一起生活！”

“能行吗？虽说家里人对他不好，但他父母会轻易地将塔克交给你这样的人吗？”

莫蒂看着乃立说道。她只字不提自己的光辉事迹。

“没问题！我原来可是海盗，抢东西可是我的拿手戏。”

说完，乃立“哈哈哈”大笑起来。

纪惠和二丑脸色发青，觉得这属于拐骗。可是莫蒂却认真地点点头说：

“我来帮你。”

“莫蒂！”

纪惠和二丑朝莫蒂喊道。

“妈妈，你可不能乱来啊！”

听到若姆这么说，乃立点了点头说：“我知道。”

“学校放假的时候，我会和外婆一起去‘海王星’号上看望妈妈和塔克的。”

“臭老太婆也来啊。”

乃立皱着眉头说道。

纪惠他们又回到了“海王星”号。莫蒂和乃立两个人坐在甲板上，一边喝酒，一边聊着各自的臭老太婆。

“那两个人还挺合得来。”

“因为有共同语言嘛。”

二丑和纪惠倚在栏杆上，望着落日余晖下的大海。

“小纪，我可以问你一个问题吗？”

二丑望着大海说。

“嗯，你是想问关于我父母的事情吧。我爸爸在我刚出生的时候就和妈妈离婚，带着我和姐姐跟现在的妈妈结了婚。当时我才四岁。姐姐已经懂事了，她当时好像极力反对爸爸再婚，我却特别想要一个妈妈，所以我非常理解米娜的心情。”

“所以你才问她‘你不想没有妈妈对吗’的吧。”

“嗯。我一直特别想要一个妈妈，特别羡慕朋友有妈妈，羡慕朋友的妈妈给她做的绘本布袋。”

“所以，小纪也让妈妈给你做了一个，是吗？”

“嗯，就是现在的妈妈。当时我好高兴。爸爸和现在的妈妈是相亲认识的，第一次见面的时候，妈妈说‘结婚后我还想继续工作’，我就给她发暗号。妈妈说‘我一直一个人生活，可能一下子适应不了有了家庭和女儿’，于是我便发暗号告诉妈妈‘我是妈妈的女儿，是妈妈的女儿啊’。”

“小纪一直在拼命地发暗号啊。”

“是啊。姐姐从小对现在的妈妈就不即不离，倒也不是讨厌她，但就是这种感觉。但我特别希望妈妈能够喜欢我，希望

她会觉得我可爱，但有时候觉得这样好累啊。”

纪惠的眼睛里充满了泪水。

“我在想，之所以会觉得累，是不是因为不是亲生妈妈的缘故呢。”

“但要比做莫蒂的女儿轻松吧。”

二丑回过头，看着正欢快大笑的莫蒂说道。

“嗯，做魔女的女儿可真不容易啊。这次还得制止她去做海盗的帮凶。”

纪惠笑着说。

“你都能胜任莫蒂的女儿了，应该有自信做好你妈妈的女儿了吧。”

纪惠点了点头。

11

第十一章

纪惠点点头，觉得身体还在晃晃悠悠的，但发现自己已经不在“海王星”号上，而是在秋千上。

“啊！为什么？为什么会这样？”

纪惠从秋千上跳下来。

她还有话要说，她想对莫蒂和二丑说“我喜欢你们”，想对他们说因为他们也喜欢自己，所以使她鼓起了回家的勇气。

“小姐姐！”

头发乱蓬蓬的妈妈来到她面前。

“怎么还不回家？都十一点了！”

妈妈一边大声斥责，一边将纪惠拥在怀里。

“对不起，对不起，都是妈妈不好。因为你一直给我发暗号，反而总是让我觉得很放心。姐姐和爸爸都给你准备了生日礼物，只有妈妈把你的生日给忘了。对不起啊！”

妈妈的眼泪打湿了纪惠最喜欢的夹克衫。

“找到纪惠了吗？”

这时，姐姐也跑到公园里，

“你这样也太过分了，爸爸都去警察局了！”

“我不行了！”

妈妈一屁股蹲坐在地上。

第二天，鲜有请假的妈妈请了假，纪惠也得到了妈妈的许可没有去学校，两个人一起去了动物园。

“我不去学校是不是不太好啊。我还是第一次逃学呢，心里扑通扑通直跳。”

听到纪惠这样说，妈妈便对她说：

“这怎么能叫逃学呢，今天对妈妈来说非常重要。昨天晚上，妈妈以为再也见不到你了呢，别提多么害怕、多么伤心、多么痛苦了！所以，今天就想一直和你待在一起。这是妈妈发给你的信号。可我又不能把你带到单位，也不能去你的教室，所以我们只能请假了。”

回家后，她们发现有人寄来了一个包裹。

“是寄给小姐姐的。”

说着，妈妈便把那个盒子亲手交给纪惠。

打开一看，盒子里装着一把金色的钥匙。

“这么大一把钥匙！简直像是某个宅邸的钥匙啊。看，还带着链子呢，是一条项链！是送给小姐姐的生日礼物吧，真漂亮！可到底是谁寄来的呢？寄件人的名字有点洇了，看不太清楚。”

妈妈边仔细检查包装纸边说道。

盒子底下有一封信。

魔女宅邸建好了，这是宅邸的钥匙，一共三把，给你寄去一把。我一个人守着莫蒂实在太辛苦了。有时间的时候，别忘了经常回来看看魔女妈妈和小丑爸爸。

又及　莫蒂每天都要喊好几遍“纪”！却假装在找钥匙说“钥匙我放在哪里来着”，比我的双关幽默还拙劣！说不定魔女妈妈马上就忍不住要去把女儿接回来呢。

小丑爸爸

“谁寄来的？”妈妈问。

“我最喜欢的非常非常重要的人。”

妈妈望着天空，在想会是谁呢？

“我有很多最喜欢的非常非常重要的人。”

说着，纪惠搂住了妈妈。